AF598939

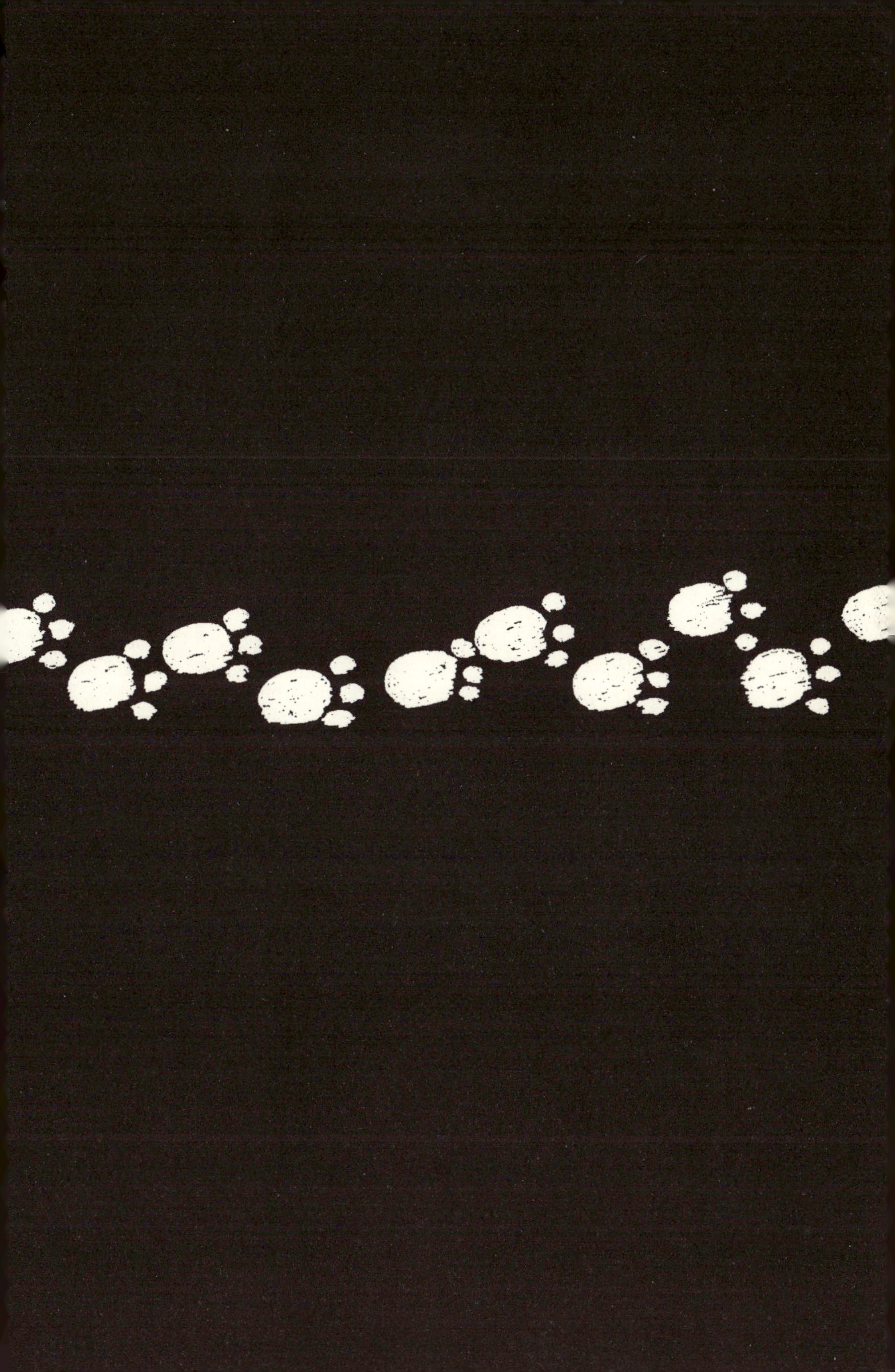

Los Bold

UNA FAMILIA DE HIENAS

Julian Clary

Ilustrado por David Roberts

Traducción de Marcelo E. Mazzanti

Duomo ediciones

Maquetación y adaptación de cubierta: Endora Disseny

Título original: *The Bolds*

ISBN: 978-84-17128-79-1
Código IBIC: YF
DL B 3.351-2019

Primera edición: abril de 2019
Nueva edición en esta colección: junio de 2021
Duomo ediciones es un sello de Antonio Vallardi Editore S.u.r.l.
www.duomoediciones.com

Gruppo Editoriale Mauri Spagnol S.p.A.
www.maurispagnol.it

Impreso en Abografika, Slovenia

A mis sobrinos nietos y nietas
Nico, Jake, Dani, Mia, Alex y Zac
J. C.

Capítulo

Mentir NUNCA es buena idea. Una vez les dije a mis amigos que era un perrito caliente. Que sí, que sí, que era un perrito caliente, insistí. Cuando por fin me creyeron, me echaron kétchup y me mordieron una pierna.

—¡Parad! —tuve que acabar gritándoles—. ¡No soy un perrito caliente, soy un ser humano!

Podéis estar seguros de que eso me enseñó una buena lección: ya no miento. Nunca.

Así que creedme: la historia que voy a contaros es ABSOLUTAMENTE CIERTA. Es importante que lo sepáis y lo tengáis muy claro, porque es una historia extraordinaria. Y divertida. Divertida y un poco extraña. Bueno, muy divertida y extraña.

Pero cierta. Cada palabra es verdad.

Lo primero que tenéis que saber antes de que empiece a contar la historia es que, a saber por qué, con los años los seres humanos se han vuelto de lo más creídos. Se creen que son mucho más listos que todo el resto de las criaturas vivas.

Eso es un error. Solo porque los humanos saben leer y escribir y usar cuchillos y tenedores y ordenadores, se creen que son mejores que otros animales. ¡Vaya tontería! ¿Sabíais que una ardilla puede esconder diez mil nueces en el bosque y recordar dónde ha dejado cada una de ellas? A ver, ¿vosotros os acordaríais de dónde habéis puesto diez mil nueces?

Las ranas pueden dormir con los ojos abiertos. ¿Y vosotros?

Y un gato puede lamerse el trasero. ¡Hay que ser muy listo para eso!

La verdad es que los animales son tan listos como las personas, pero listos de otra forma. A veces los animales creen que los tontos son los seres humanos.

La próxima vez que paséis junto a un rebaño de ovejas, deteneos un momento y observad: os mirarán fijamente, hasta con un poco de lástima. Si prestáis atención, veréis que mueven la cabeza, incrédulas: les resulta de lo más curioso que tengamos que llevar sudaderas y abrigos de lana, cuando a ellas les crece de forma espontánea en el lomo. ¡Vaya tontería!

En fin, vuelvo a la historia. Empieza hace diez años, muy lejos, en África. África, como quizá sepáis por las fotos y los programas de la tele, es un lugar muy caluroso y muy bonito. Hay bosques y matorrales y grandes llanuras en las que viven montones de animales salvajes, leones y elefantes y jirafas. Hay pájaros de colores brillantes que viven en los árboles, monos y gorilas, lagartos, hienas, puercoespines y búfalos. Aquello está lleno de vida de todas las formas y tamaños que os podáis imaginar.

Y en África, todo hay que decirlo, los animales salvajes también son muy listos. Observan a los seres humanos y se ríen para sus adentros.

—Imagínate ir todos apretujados en autocares con aire acondicionado, y también en coches, y hacer esa porquería de cocinar la comida. ¡No me extraña que los humanos siempre parezcan agobiados!

—Nosotros, los animales a los que llaman «salvajes», siempre vamos a donde nos da la gana —se dicen unos a otros—. Respiramos aire fresco y comemos comida que cazamos o recogemos o pastamos nosotros mismos. ¡Mucho mejor, en mi humilde opinión!

¿Cuál de los dos estilos de vida os parece mejor?

Todos los animales de África saben que las más listas son las hienas. No son las más veloces o las más fieras, ni siquiera —admitámoslo— las más bonitas, pero son listas y decididas y trabajan en equipo para conseguir lo que desean. También son muy buenas carroñeras.

Pero lo que mejor hacen las hienas, y que pone de los nervios a los demás animales, es reírse.

De hecho, las llaman «hienas risueñas». Sueltan fuertes y largos grititos y grandes carcajadas.

La verdad es que las hienas no son muy populares entre el resto de los animales. Los pájaros cantan bellas canciones y los leones son impresionantes rugiendo, pero las risas incesantes de las hienas, tan listas ellas, hacen que a los demás animales les entre dolor de cabeza.

Sigamos. Había una vez un gran clan de hienas que vivía en Masái Mara (que es un parque nacional gigantesco que hay en África). Eran hienas risueñas. Y estas se reían aún más de lo normal.

Vivían en madrigueras, cerca de un campamento de safaris; a él acudían montones de turistas para ver a los animales en su hábitat natural. Poco a poco, las hienas se fueron acostumbrando a aquellos extraños visitantes. Se acercaban cada vez más al campamento, se zampaban los restos de comida, se fueron volviendo más y más atrevidas. Con el tiempo empezaron a entender la forma de comunicarse de los humanos, es decir, aprendieron los idiomas de las personas.

Como a aquel campamento de safaris en concreto iban muchos visitantes ingleses, al cabo de un tiempo las hienas empezaron a copiar su lenguaje. ¡Aprendieron a hablar! Las primeras palabras que se intercambiaron fueron:

Un día, un hombre y una mujer que estaban de luna de miel se alejaron del campamento, temerarios, y fueron a parar a los matorrales, sin nada que los protegiera salvo sus mochilas. Vieron que el sol del mediodía africano era demasiado caluroso para ellos, así que se quitaron su ropa de color caqui y se fueron a bañar a un estanque. ¡Gran error! En él vivían unos cocodrilos que se los comieron para almorzar.

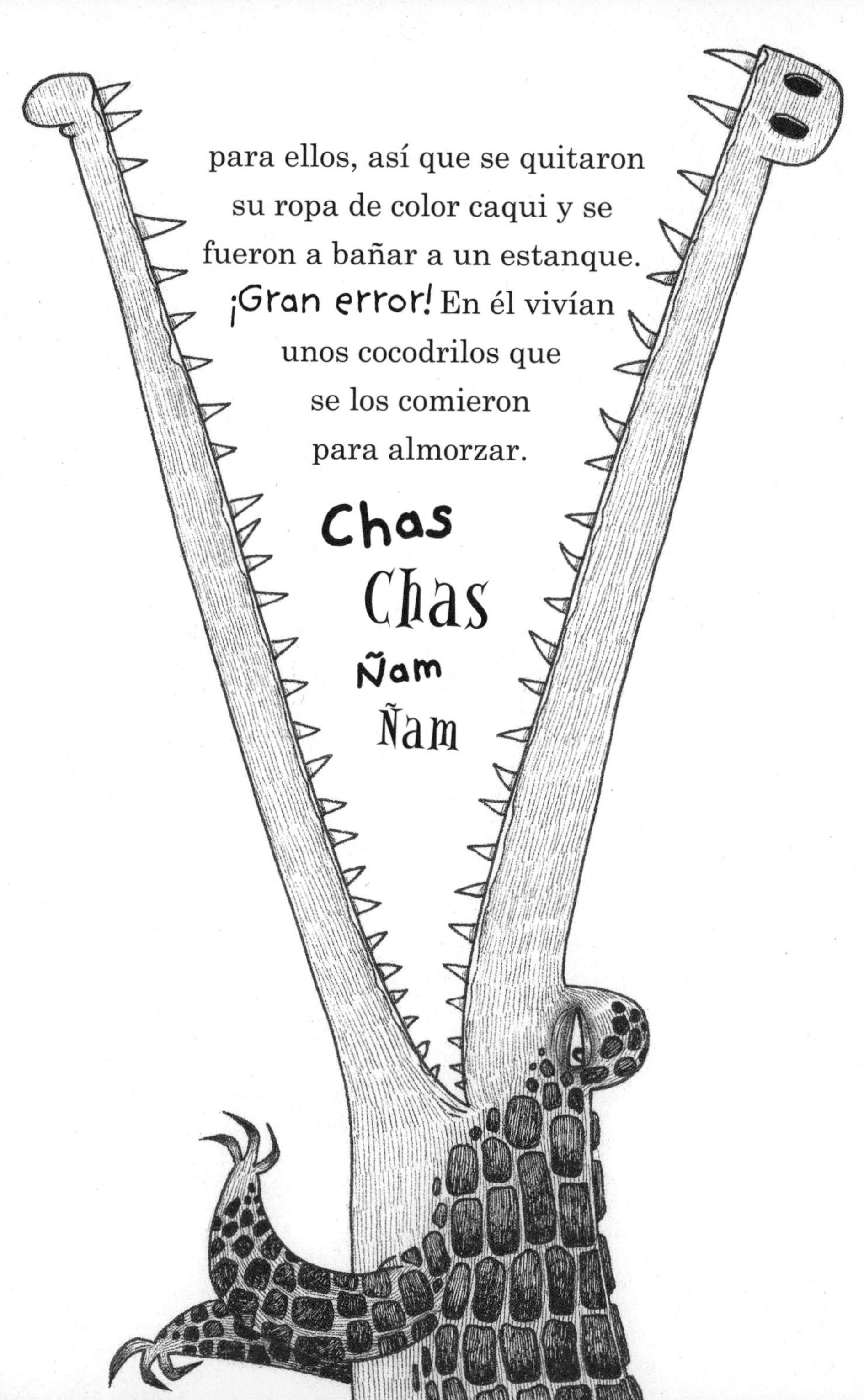

Dos de las hienas que hablaban humano, llamadas Manchas y Susi —y que también estaban muy enamoradas—, vieron lo sucedido y fueron a olisquear entre los restos.

—¡Eh, mira lo que hay aquí! —le dijo Manchas a Susi. Y le dio dos pasaportes que había sacado de una de las mochilas.

—Caramba, caramba —exclamó Susi—. Los pobrecillos se llamaban Fred y Amelia Bold. Descansen en paz. —Las dos hienas pararon un momento y bajaron sus cabezas como gesto de respeto hacia los pobres humanos muertos.

Pero las hienas se caracterizan por ser oportunistas, así que, faltaría más, Susi enseguida tuvo una idea de lo más atrevida.

—¿Sabes caminar sobre dos patas, querido? —le preguntó a Manchas, poniéndose de pie sobre las dos patas traseras.

¿Hacen caca los
leones en la hierba?
¡Pues claro que sí!

—Entonces escucha —siguió Susi, emocionada—. Esa ropa parece de nuestra talla. ¡Podríamos ponérnosla y presentarnos en el campamento de safaris! ¡Diremos que somos Fred y Amelia Bold!

—¿Y después qué? —preguntó Manchas, frunciendo el ceño.

—¿No te lo imaginas? —replicó Susi—. Es nuestra ocasión de largarnos de aquí. Siempre he querido vivir en Inglaterra. Por lo visto no hace tanto calor como en África, y los humanos son muy civilizados y hacen cola para todo. Sería un buen cambio respecto a estar siempre buscando y luchando por encontrar restos de carne con el clan de hienas. ¡Es nuestra oportunidad de cambiar de vida!

—¡Vaya, vaya! —dijo Manchas con una risita de incredulidad—. ¡Esa sí que es una idea verdaderamente ATREVIDA! ¿De verdad crees que podemos conseguirlo?

—¿Y por qué no? —replicó Susi, mientras seguía rebuscando entre las pertenencias de la pareja muerta—. Mira, aquí hay dos billetes de avión, un permiso de conducir, las llaves de una casa y de un coche... y nuestra nueva dirección: el 41 de la calle Fairfield, Teddington, Middlesex...

—Pues sí que suena bien —dijo Manchas mientras se ponía el par de bermudas más grandes—. Y tengo que reconocer que estos pantalones cortos me van perfectos.

—¡Mete la cola por dentro! Te asoma por la pernera. Eso nos delataría.

Manchas rio.

—¡Oh, Susi, cuánto te quiero! —dijo, y se probó un gran sombrero para protegerse del sol.

—Ya no soy Susi, ¿recuerdas? —contestó ella con acento afectado mientras se abotonaba su camisa caqui—. Desde ahora tienes que llamarme Amelia. Y tú, esposo mío, eres Fred. Somos Fred y Amelia Bold.

Y se tiraron al suelo, revolcándose y partiéndose de risa, hasta que volvieron a levantarse y fueron caminando sobre dos patas al campamento donde iban a comenzar su nueva vida.

Capítulo

Ya os avisé de que esta iba a ser una historia muy poco habitual, ¿verdad? Vale, pues el caso es que, vestidos con ropas humanas y caminando sobre dos patas, la pareja de hienas consiguió entrar en Inglaterra y empezar una nueva vida como Fred y Amelia Bold.

No les resultó fácil. Tenían que mantener las colas ocultas en todo momento. La mayoría de las personas no tiene cola, y seguro que habría rumores si se viese a los Bold meneando las suyas por todas partes.

También descubrieron que parecían mucho más

humanos si, además de la ropa, llevaban sombreros. Manchas (ahora Fred) encontró uno verde entre las cosas del Fred original, y Susi (ahora Amelia) se hizo un turbante precioso con varias bufandas de Amelia, con el que cubrió sus grandes orejas.

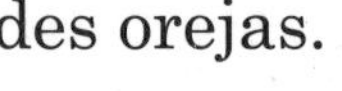

También se dieron cuenta enseguida de que los humanos no ríen tanto como las hienas, y a ellos dos no les convenía destacar demasiado. Durante el vuelo a Inglaterra, una azafata ya les había llamado la atención por reírse demasiado durante la demostración de seguridad aérea.

Tuvieron que aprender a contenerse la risa hasta llegar a su casa. Y aun así, a veces tenían que cubrirse los morros con una almohada por no despertar las sospechas de los vecinos.

—Intentemos no llamar demasiado la atención, querida —dijo Fred—. La gente ya nos mira bastante.

Es verdad que los habitantes de Teddington pensaban que era una pareja poco habitual, pero tampoco nadie llegó a la conclusión de que fuesen un par de hienas. Y, como se pasaban el día riéndose, la gente pensó que tenían que ser muy divertidos, así que los Bold cayeron bien enseguida a todo el mundo

A veces resultaba un poco más difícil engañar a los niños. Pero es lógico: los niños acostumbran a ser mucho más listos y observadores que sus padres. Seguro que vosotros ya os habréis dado cuenta de eso.

Estáis en el autobús y se sube alguien que parece muy diferente o tiene algún detalle inusual. En cuanto preguntáis: «Mamá, ¿qué es eso que...?», todos los adultos os gritan de inmediato: «¡Chissst! Quedarse mirando a la gente no es de buena educación». Es como si ellos nunca se diesen cuenta de que hay personas con una pinta diferente a la suya.

Eso es justo lo que le pasó a Amelia unas cuantas veces, al principio. Los niños se la quedaban mirando y tiraban de las mangas de sus padres, pero enseguida les contestaban que no señalaran. Y Amelia no tardó en ver que, cuando llevaba gafas y sombrero de ala ancha, ni siquiera los niños notaban que su nariz se parecía a un morro y que tenía los dientes afilados.

La nueva casa, en el 41 de la calle Fairfield, les pareció de lo más agradable. Tenía tres dormitorios, un bonito jardín y un garaje con un coche Honda de color azul brillante aparcado dentro.

41

—En comparación, nuestra vieja madriguera ahora parece de lo más sucia y sórdida. ¡Es fantástico tener ventanas para mirar al exterior! —dijo Amelia al entrar por primera vez.

—Pues yo siento unas ganas incontrolables de hacer un agujero en el jardín —confesó Fred, mordiéndose el labio y agitando las patas delanteras en el aire como si cavara.

—Yo también —admitió Amelia—. Pero mejor esperar a que se haga de noche.

Tuvieron que aprender muchas cosas, y muy rápidamente. Por ejemplo, al principio cruzar la calle les resultó complicado. Era un poco como apartarse de un rinoceronte que se acerca a toda velocidad.

E ir de compras les pareció de lo más extraño. Tuvieron que observar muy bien el comportamiento de los humanos para darse cuenta de que hay que pagar por todo.

—Vaya engorro —le dijo Amelia a Fred mientras daban vueltas por el súper.

—Sí —suspiró él—. Se ve que lo llaman «dinero». Lo guardas en un monedero, y no puedes llevarte la comida a casa hasta que hayas hecho cola en la caja y la cambies por trocitos de papel y piezas redondas de metal.

—¡Es una locura! —dijo Amelia, intentando no reírse demasiado fuerte.

Se dieron cuenta de que eso del dinero iba a resultar un problema. Habían encontrado más papeles de esos llamados «billetes» en un cajón del dormitorio, pero no iban a durarles para siempre.

—He leído en una revista que la gente tiene una cosa que se llama «trabajo». Para «cubrir sus necesidades» —anunció un día Amelia.

—¿«Sus necesidades» no es cuando van al baño? —preguntó Fred, inocente.

—¡Ja, ja, ja, jeeee! —aulló Amelia—. No. La gente va a una oficina o adonde sea. Eso es lo que llaman «trabajar».

—¿Y por qué diablos hacen eso?

—Bueno, pues porque entonces les dan dinero por las molestias, y con eso pueden comprarse comida y ropa.

—¡Vaya bobada! —dijo Fred cuando por fin lo entendió.

—Desde luego —confirmó Amelia mientras cogía una pila de papeles de la mesa de la cocina—. Pero el dinero nos va a ayudar con esto.

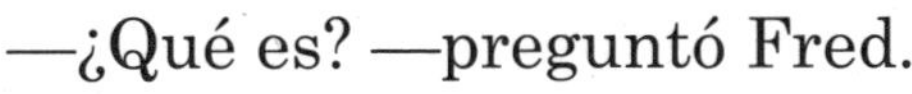

—¿Qué es? —preguntó Fred.

—Se llaman facturas.

—¿Como cuando te rompes algo?

—No, eso son *fracturas*. ¿Sabes esa maravillosa agua fresca que bebemos del grifo?

—¡Sí, es deliciosa! —contestó Fred.

—Bueno, pues no es gratis —le explicó Amelia—. Tenemos que pagarla.

—¡Imposible! —Fred alucinaba—. ¡Pero si el agua cae del cielo! No es de nadie. ¿Cómo puede costarnos dinero?

Amelia negó con la cabeza.

—A mí no me preguntes, pero aquí tienes una factura. Y otra por esos maravillosos radiadores que nos dan calor, y una más por esa luz eléctrica tan práctica. ¡Todo, TODO, cuesta DINERO!

Lanzó al aire la pila de papeles. Las facturas volvieron a caer, lentamente y en silencio, por encima de las pensativas hienas. Por fin, Fred habló.

—Entonces ¿qué vamos a hacer?

—No te preocupes. Tendremos que buscarnos trabajo, eso es todo. Ganar dinero. ¿Qué te gustaría hacer o ser?

—¡Conductor de tren! —contestó Fred enseguida—. ¡Pasajeros al tren! ¡Cuidado con el bache! ¡Broom, broom! ¡Atención, cerrando puertas!

Cuando acabó de reír, Amelia suspiró.

—No, cariño, creo que eso no.

—¿Taxista? —sugirió Fred. Había aprendido a conducir el pequeño coche Honda haciendo viajes de exploración por la presa y los puentes levadizos de Teddington, pero no era muy bueno con las rotondas.

—Hum, mejor que no —contestó Amelia, recordando la vez en que Fred había atravesado la rotonda en vez de rodearla—. Tienes que trabajar en algo que se te dé bien.

Se produjo un momento de silencio.

La verdad, no era fácil. Dos hienas desempleadas

y disfrazadas de personas... ¿qué diablos iban a hacer?

Pasaron semanas, y el dinero del monedero pronto se acabó. La pila de facturas era cada vez más y más alta. Pasaron tanta hambre que tuvieron que colarse en el parque después de que anocheciera y cazar unas cuantas ardillas para comer. Fred hasta revolvió en los contenedores de fuera del súper y volvió a casa con carne picada caducada.

Por fin, su suerte cambió. Amelia empezó a vender sus turbantes en un puesto del mercado local, y pronto ofreció también sombreros extravagantes hechos con hueveras, ganchos de colgar y viejos nidos de pájaros, para que las señoras de Te-

ddington los llevasen en las bodas. Fred también encontró el trabajo perfecto: escribir la sección de chistes de una revista local. No necesitaba ponerse serio, y podía reírse todo el día sin que le importase a nadie.

Amelia y Fred eran muy felices en su nueva vida: el clima no era tan caluroso ni duro como en África; la gente a veces los miraba de reojo, pero nadie se daba cuenta de que en realidad eran hienas; y ganaban el dinero suficiente como para pagar las facturas e ir de compras.

Creían que no podían ser más felices hasta que una noche, después de lo que creyó que era una indigestión producida por una hamburguesa en mal estado, Amelia dio a luz a dos gemelos... ¿o debería decir dos cachorros?

Los Bold rieron y rieron de alegría.

Capítulo

Los hijos de los Bold —chico y chica; Fred y Amelia decidieron llamarlos Bobby y Betty— eran encantadores, divertidos y peluditos.

Por supuesto, sus padres los querían muchísimo, pero los bebés se dedicaban más a aullar que a llorar, y tardaron mucho en aprender a sostenerse sobre dos patas.

Aun así, con sus pañales y trajecitos de bebé y sus gorritos de tela, nadie notaba nada. Y, cuando el señor Bold los paseaba orgulloso por el parque en su cochecito, la gente se detenía a decirle: «¡Cómo se parecen a usted!», sin añadir nunca: «Y usted

parece un animal salvaje». Igual que nadie dice de los bebés feos: «¡Oh, es igualito a un sapo!», aunque lo piensen.

Los gemelos crecieron felices y bulliciosos. Se divertían mucho y, claro, reían aún más.

Los dos tenían grandes ojos marrones y grandes bocas sonrientes llenas de dientes blancos y afilados. Betty tenía el pelo más oscuro y grueso, anudado en dos pequeñas coletas detrás de sus bonitas —pero bastante grandes— orejas redondas. Bobby tenía el pelaje rubio y con motitas, y en la cabeza se le levantaba en mechones como pinchos.

A veces, cuando rodaban por los suelos jugando a que se peleaban, Betty mordía a Bobby, que se echaba a llorar hasta que la señora Bold lo levantaba y lo tranquilizaba. Pero la mayoría del tiempo era un alegre diablillo que provocaba a su hermana hasta que ella empezaba a perseguirlo por toda la casa y el jardín.

Por supuesto, llegó un momento en que el señor y la señora Bold tuvieron que contarles la verdad sobre quiénes eran.

Se les hacía muy cuesta arriba. ¿Cómo diablos le dices a un niño pequeño que en realidad no es un niño sino un animal salvaje? ¡Y una hiena, nada menos!

Pero había que contárselo a Betty y a Bobby antes de que empezaran el colegio por razones obvias: iban a tener que esconder sus colas en todo momento. Creedme: una larga cola peluda tras las piernas en mitad de una clase de educación física no iba a pasar desapercibida, al menos en la mayoría de los colegios.

—Pero son unos niños tan felices —dijo la señora Bold con tristeza— que es una lástima darles motivos para que se preocupen.

—Sí, querida, tienes razón. —El señor Bold se mostró de acuerdo—. ¡Pero debemos hacerlo! El hacerse pasar por seres humanos forma parte de su

educación, igual que aprender a cruzar la calle.

—Y aprender a no hacer pedorretas en público —añadió Amelia—. ¡No paran!

Así que, cuando los gemelos fueron lo bastante mayores como para ir al colegio, sus padres decidieron que había llegado el momento. Aquella noche, en vez de contarles un cuento para dormir, les anunciaron que iban a tener una charla muy seria con ellos (o, al menos, tan seria como fueran capaces).

—Tenemos que contaros una cosa —empezó el señor Bold—. Pero es un secreto.

Amelia tuvo que contener una risita nerviosa.

—El asunto es —siguió Fred—: ¿habéis notado alguna vez que nosotros, como familia, somos diferentes a las demás personas?

—¿Porque tenemos más pelo? —sugirió Betty, acariciándose su brazo peludo.

—Sí, en parte es eso —dijo su padre.

—¿Porque los otros a veces se enfadan —añadió Bobby— y nosotros no? Nos reímos de todo.

—¡Exacto! —respondió el señor Bold.

—Yo no sé enfadarme —dijo Amelia—. ¡Solo pensarlo me hace aullar! —Y se echó a reír como una histérica.

—Por favor, querida —le pidió Fred—, no me hagas reír a mí.

—Lo siento, querido. Sigue, sigue. —Se tapó su larga nariz para dejar de reír.

—Sí. Tenemos que contárselo a los chicos. Es importante.

—¿Contarnos qué? —preguntó Bobby.

—Antes que nada, los dos tenéis que prometer que mantendréis en secreto lo que voy a deciros. No podréis contárselo nunca a NADIE. ¿Lo entendéis?

Los niños asintieron solemnemente.

Así que sus padres les contaron toda la casi increíble historia. Les mostraron fotos y vídeos de África y de todos los animales salvajes, incluidas las hienas. Y les revelaron el secreto que habían estado ocultando durante tantos años.

—Pero escuchadme, Betty y Bobby —insistió el señor Bold—: nadie, lo que se dice NADIE, debe saber nunca que en realidad no somos humanos. ¿Lo comprendéis? —Los gemelos notaron que su padre hablaba en serio por su poco habitual tono severo—. No me malentendáis: somos hienas y estamos orgullosos de ello. Pero, si la gente se entera, tendremos problemas serios.

Los niños se quedaron de piedra, pero entonces la señora Bold les contó otro secreto que había descubierto durante su estancia en Teddington. Al principio había creído que se equivocaba, pero no: cuanto más observaba el entorno, más convencida estaba de que ellos no eran los únicos animales que vivían en secreto como humanos.

—Un animal sabe detectar a otro animal, queridos —les dijo a los niños—, pero los humanos no tienen ni idea. No creo que les gustara, si se enterasen de cuántos animales tienen cerca, haciéndose pasar por personas...

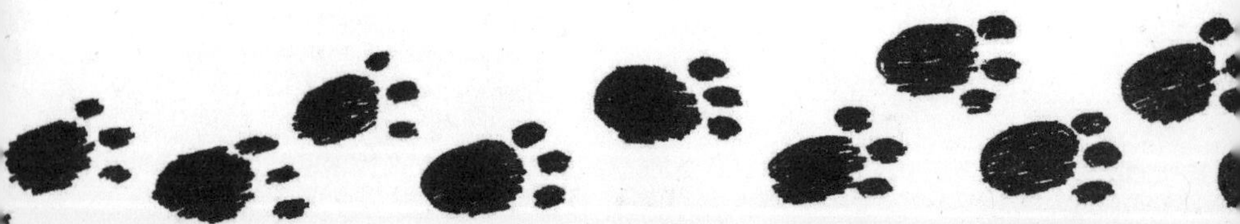

—¡Qué iba a gustarles! —la interrumpió el señor Bold—. Si se llegaran a enterar, se montaría un gran escándalo.

—Pero ¿cuántos animales hay viviendo como personas? —preguntó Bobby.

—Oh, más de los que os pensáis —contestó Amelia—. Nos hemos dado cuenta de que por todas partes hay animales que se han venido a vivir entre los humanos, solo que nadie lo sabe. No me gusta señalar, pero hay un par de jirafas viviendo en Richmond. Hacen de reponedores en una tienda de moda. Es el trabajo perfecto para ellos, con esas estanterías tan altas. —Hizo una pausa para dejar que asimilaran la información. A Betty se le pusieron los ojos como platos.

—¿Estás segura?

—Ajá —asintió su madre—. ¿Os habéis fijado en que hay personas que parecen zorros, o búhos, o,

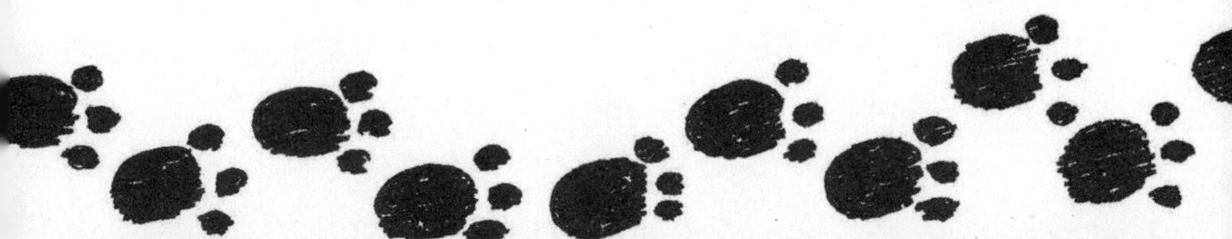

ejem, hipopótamos? ¡Bueno, pues eso es porque lo son! Tienen sus mismas características y se mantienen totalmente a la vista, pero ni aun así los humanos son capaces de sumar dos y dos. Si un futbolista corre como una gacela, lo más probable es que sea una gacela. Si alguien come como un cerdo... en fin, ya me entendéis. —Y soltó una carcajada.

—Lo más importante para nosotros y todos los demás animales «secretos» es la ROPA —dijo el señor Bold, de nuevo muy serio—. La ropa nos permite ocultar lo que más nos delataría: nuestras COLAS.

Les explicó que la ropa —los calzoncillos, las braguitas, los pantalones, los vestidos y los abrigos— era la mejor amiga de los Bold. Cuando estaban contentos movían la cola, y les desaparecía entre las piernas cuando estaban nerviosos o infelices (que, a decir verdad, no era muy a menudo). Tenían que aprender a mantenerla oculta.

Los niños parecieron asimilar toda la información sin grandes problemas. ¡Qué adaptables son las criaturas!, ¿verdad? Con la ayuda de una ropa interior resistente y un poco de esparadrapo consiguieron mantener sus colas bien ocultas. Así fueron capaces de ir por todas partes, dejando encantados con sus personalidades tan felices a toda la gente que conocían.

Poco después de aquella conversación tan «seria» con sus padres, los gemelos empezaron en el centro local de primaria. Al cabo de un par de días nadie volvió a fijarse en sus pintas un poco raras: les cayeron bien a todos porque los hacían reír. Desgraciadamente, eso mismo los hizo meterse en toda clase de líos.

—¿Dónde están tus deberes? —le preguntó un día el profesor a Bobby.

—El perro se los ha comido —contestó él.

—¡Esa es una excusa horrorosa!

—Vale, pero es cierto. Aunque tuve que untarlos primero con comida para perros. Pero al final se los tragó.

Los gemelos se llevaban broncas constantes, pero también hicieron un montón de amigos en el cole.

Por supuesto, no eran malos sino payasos, y a medida que pasaron los años se volvieron más ruidosos: siempre estaban gritando, chillando, aullando y riendo.

La mejor amiga de los dos era una chica llamada Minnie, que vivía encima de la carnicería en la que trabajaba su padre, en la calle principal de Teddington. Minnie era bastante alta para su edad, y de mayor quería ser una actriz famosa con millones y millones de seguidores en Twitter.

No le gustaba mucho estudiar y no creía que fuera a necesitar saber mates o leer o escribir cuando viviera en Hollywood, así que tenía mucho tiempo libre para hacer gamberradas con los gemelos y meterse en toda clase de líos. Los dos hermanos y Minnie siempre estaban recibiendo broncas, normalmente por reírse en clase.

Un día, los tres se rieron tan fuerte mientras hacían educación física (cuando los gemelos treparon boca abajo por la cuerda) que los castigaron a quedarse en el aula durante el recreo.

Lamentablemente, a los gemelos hacía poco que les habían empezado a crecer los colmillos, y aquel día sintieron la necesidad incontrolable de morder, cosa que a Minnie le pareció muy divertida. Así que durante aquel aburrido recreo, en vez de escribir la redacción que les habían encargado sobre lo malo que es reírse en clase, se dedicaron a

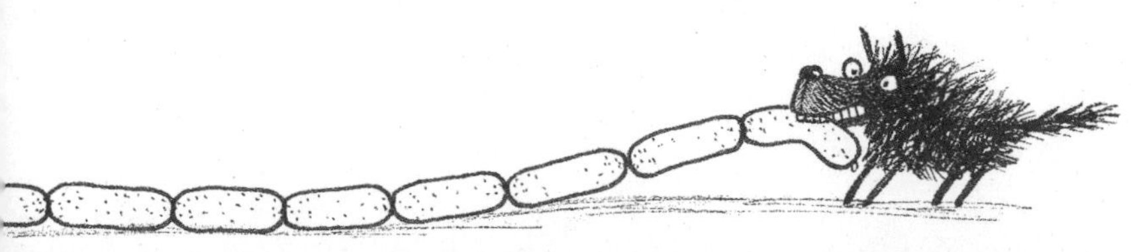

roer sus lápices. Les gustó y ya no pudieron parar. A fin de cuentas, aquello hubiese sido lo más natural de haberse tratado de hienas creciendo en África. No era culpa suya el que estuviesen en un aula de un colegio en Teddington.

—¿Y si ahora mordéis las patas de las sillas? —propuso Minnie, animándolos a hacerlo. Con los años ya se había acostumbrado a sus rarezas, y todo lo que hacían le parecía divertidísimo. Los gemelos babearon de alegría.

—¡Delicioso! —dijo Bobby, y empezó a hincarle el diente a la silla de madera de la profesora.

—¡Sabe a cortezas de cerdo! —admitió Betty, escupiendo pequeñas astillas de pino por el suelo.

—¡Qué graciosos sois! —dijo Minnie, partiéndose de risa.

Tras unos minutos de disfrutar del aperitivo, sonó el timbre del fin del recreo. Los gemelos se limpiaron las mandíbulas de mala gana y volvieron a sus pupitres justo a tiempo, antes de que entrara el resto de los alumnos y empezase la siguiente clase.

—Muy bien, niños —dijo la profesora, la señora Millin, mientras se sentaba—. ¿Quién sabe deletrear la palabra...?

Pero antes de que pudiera acabar la frase se oyó un fuerte crujido y se le rompió la silla, haciéndola caer al suelo. La pobre señora Millin aterrizó de espaldas, con las piernas abiertas y mostrando sus bragas de color celeste a todos los niños, que intentaron disimular sus risas. Y, claro, quienes más fuerte rieron fueron los gemelos Bold.

Ya se habían metido en otro gran lío.

Capítulo

Aún no os he contado mucho sobre Teddington, ¿verdad? Es un lugar encantador; yo mismo viví allí hace mucho. Hay una calle principal y un paseo, una estación con trenes que llevan a la gente a Londres y un gran parque encantador, el Parque Matojo.

En cuanto a la calle Fairfield, está rodeada de árboles y la gente es muy reservada, lo que suena perfecto para nuestra familia de hienas, ¿verdad?

Pero, desgraciadamente, esa regla tenía una excepción: un anciano con muy mal carácter y muy

metomentodo llamado señor McNumpty. No tenía amigos, nunca sonreía y no tenía nada bueno que decir de nadie. Sobre todo de los Bold. Y lo peor es que era el vecino de al lado.

Era difícil imaginar qué edad tenía, si es que alguna vez había sido joven. Su pelo blanco y desarreglado asomaba del triste fez que siempre llevaba en la cabeza, y tenía una nariz larga y permanentemente húmeda, que se limpiaba en una de las mangas, manchada y pegajosa. Tenía los hombros anchos y arqueados, y caminaba con dificultad, como si tuviera las piernas agarrotadas y doloridas.

Si los Bold se reían demasiado fuerte golpeaba la pared, y les tiraba basura por la verja del jardín cuando creía que no lo veían.

—¡Vivís como animales! —les gritó una vez, muy brusco, mientras Betty y Bobby se revolcaban por un parterre lleno de barro, la mañana de su séptimo cumpleaños. Cómo animales... Si él supiera...

No le gustaban los niños y no le gustaba la risa. Si los Bold se lo encontraban por la calle, se negaba a responder cuando le dedicaban un alegre «¡buenos días!»; ponía cara de mala gaita y cruzaba la calle.

—Pobre señor McNumpty —dijo la señora Bold—. No puedo imaginarme cómo debe ser estar siempre tan enfadado y refunfuñando. Le haré una tarta; eso lo alegrará.

Pero no fue así. Cuando llamó a su puerta para ofrecerle un delicioso bizcocho, él se la cerró en las narices.

—Eso ha sido muy desagradable —dijo la señora Bold, de vuelta en su cocina.

—A lo mejor preferiría *cupcakes* —sugirió Betty, intentando ayudar.

—O un pastel —añadió el señor Bold, mientras los niños devoraban el bizcocho que el señor McNumpty había rechazado.

—¡Buen pastel tiene él en la cabeza! —dijo Bobby, e hizo reír a todos.

Un soleado día de verano, los gemelos y Minnie jugaban en el jardín mientras el señor McNumpty estaba en el suyo, subido a una escalera, limpiando las ventanas. Los niños sabían que corrían el riesgo de que les vertiera el cubo de agua en la cabeza, pero esperaban que no lo hiciera.

Minnie había inventado un nuevo juego llamado «La alfombra roja», en el que las chicas hacían

como que eran bellas actrices que llegaban a los Óscar, y Bobby era un *paparazzi* que les sacaba fotos.

Bobby colocó su trípode (que en realidad eran tres palos de bambú atados con un hilo) y se aseguró de tener preparada la cámara (una lata de sardinas). Las chicas revolvieron en el cobertizo del jardín a la búsqueda de vestidos de baile, que confeccionaron con mantas de pícnic atadas de cualquier manera con oropel viejo y cordón de jardinería.

Minnie se hizo unas enormes hombreras con dos macetas colgantes vacías, y el vestido de Betty destacaba por su elegante velo: una gran telaraña con araña incluida.

—Esto es lo que *todas* llevan este año en Milán —dijo Minnie.

—Es verdad —confirmó Betty—. Y hoy en día, en Hollywood, nadie saldría de casa sin velo.

—¡No os mováis, chicas! —les dijo Bobby, asomando la cabeza por un lado de la lata de sardinas y alzando un brazo—. Minnie, baja la barbilla, por favor… Betty, la foto quedará mejor si te levantas ligeramente el velo para que podamos verte un poquito la cara. ¡Fantástico! ¡Decid «Recuerdos de Constantinopla»! ¡Genial!

—¿«Recuerdos de Constantinopla»? —preguntaron las chicas.

Justo entonces, la araña del velo de Betty, no muy contenta de que la hubieran sacado del cobertizo y la pusieran al sol, salió corriendo y le hizo cosquillas en el cuello.

—¿Qué es eso? —exclamó ella, y estornudó con fuerza.

El oropel que mantenía unido el vestido se soltó de repente y la manta cayó al suelo, dejando su larga cola a la vista de todos. Betty se quedó helada.

—¡Aaah, no! —gritó.

Entonces sucedieron varias cosas a la vez.

1. Bobby dio un salto hacia delante para recoger la manta y tapar aquella protuberancia tan curiosa…

2. Minnie soltó un grito de sorpresa y señaló horrorizada la gran cola peluda que de repente había quedado al descubierto…

3. … y llegó un fuerte ruido de metal caído contra el suelo y agua derramada que venía del jardín del señor McNumpty.

Capítulo

Media hora más tarde, Minnie seguía en casa. Bobby, Betty y una niña de lo más pálida estaban sentados en silencio a la mesa de la cocina, mientras la señora Bold les servía zumo de naranja de una gran jarra. Acababa de contarle a Minnie la historia de quiénes eran en realidad. Suspiró.

—Así que ya ves, Minnie querida, los Bold en realidad somos... hienas. Eso es todo. Eres una niña muy dulce y hace mucho que eres una muy buena amiga de los gemelos. Me parecía mal no contarte el secreto, así que en el fondo me alegro de que ahora lo sepas.

Todos miraron a Minnie, a ver cómo reaccionaba ante aquella sorprendente novedad.

Después de una larga y tensa pausa, el color empezó a volverle a las mejillas y sonrió ampliamente.

—Vaya, vaya —dijo—. Ha sido el mayor *shock* de mi vida. ¡Nunca lo hubiera dicho! Aunque supongo que eso explica por qué siempre estáis riéndoos y os gusta tanto llevar sombreros.

—No vas a contárselo a nadie, ¿verdad? —le preguntó Bobby, temeroso—. Podrían hacernos volver.

—Por favor, Minnie —dijo Betty, cogiéndole fuerte la mano—. ¡Eres mi mejor amiga del mundo! ¡Por favor, no se lo cuentes nunca a nadie!

—Escuchadme —contestó Minnie, abrazándolos a todos—: ¡por supuesto que no voy a contarlo!

Os lo prometo. Sois dos amigos muy especiales. Siempre lo habéis sido, y ahora aún más.

Los gemelos y la señora Bold *suspiraron, aliviados.*

—Esto hay que celebrarlo —afirmó Amelia, cogiendo la lata de galletas y dejándola sobre la mesa—. Si la gente no fuese tan sensible con estos temas, la verdad es que no nos importaría que se supiera. Quizá algún día podamos contárselo al mundo, pero, por el momento, mejor que guardemos el secreto.

—¡Mejor que nos guardemos las colas! —exclamó Bobby, agitando la suya.

—Me encantaría tener cola —dijo Minnie—. En serio. Me dais mucha envidia. ¡Seguro que es muy divertido!

—Bueno, va bien para ahuyentar moscas en las noches de calor —replicó Betty—. La mueves un poco y desaparecen.

—Ojalá yo tuviera algún secreto que contaros —siguió Minnie—, pero no se me ocurre ninguno. Mi padre nació en Mánchester. ¿Eso cuenta?

—La verdad es que no —le contestó la señora Bold—. Aunque será mejor que vayas con mucho cuidado de a quién le cuentas eso.

Se quedaron un momento sentados, tan felices, comiendo galletas, hasta que de repente Bobby dejó la suya a medias en el plato.

—¡Ay, Dios! —exclamó—. ¡El señor McNumpty!

—¿Qué le ocurre? —preguntó su madre.

—Con todo lo que ha pasado se me olvidó, pero estaba subido en la escalera cuando Betty mostró la cola. ¿Y si lo ha visto todo?

—¡Sí, tienes razón! —soltó Minnie—. ¿Y no se oyó un fuerte ruido, como si de la sorpresa se le hubiera caído el cubo?

—¡Oh, no! ¿Y ahora qué hacemos? —se lamentó Betty.

La señora Bold dio unos pasos y se rascó la cabeza. Por fin, miró la hora en el reloj de la cocina.

—Ya sé —dijo—. Esperaremos a que vuelva vuestro padre, no va a tardar. Me imagino que él sabrá qué hacer con lo del señor McNumpty. Minnie, querida, será mejor que vuelvas pronto a tu casa.

Gracias por ser tan buena amiga de los gemelos. Y recuerda: ni una palabra a nadie.

Al igual que muchos otros adultos, el señor Bold tenía la costumbre de llevarse trabajo a casa. Eso no debe ser muy divertido si eres basurero o contable, pero seguro que lo es si trabajas en una fábrica de chocolatinas o, como en el caso del señor Bold, si te pasas la vida escribiendo chistes para una revista. Así que cada día, al llegar a casa, tenía la costumbre de contarles a todos un chiste o dos.

Aquel día no fue una excepción.

Poco después de que se oyera la llave en la cerradura, asomó la cabeza en la cocina:

¿Qué chistes cuenta un vegetariano?
¡Chistes verdes!
¿Por qué va el vampiro en tractor?
¡Para sembrar el pánico!

El señor Bold siempre estaba tan contento con sus chistes que era el que reía más fuerte, aunque ya los conociese.

Amelia esperó a que Minnie se fuera y estuvieran todos tomando el té, y entonces le contó a su marido lo que había pasado y la desafortunada aparición de la cola de Betty en el jardín.

—Minnie va a guardarnos el secreto, pero nos da miedo que el señor McNumpty pueda haber visto la cola y de la sorpresa se le haya caído el cubo. ¿Qué podemos hacer?

—Voy a ir a hablar con él de hombre a, ejem, hombre —anunció el señor Bold.

—Pero, ¿y si sabe la verdad? —preguntó Betty, que se sentía un poco culpable por haber sido la causante del lío.

Fred le acarició la cabeza.

—No te preocupes tanto, princesa. ¡Papá al rescate! Si es necesario, haré como los humanos: ¡mentir!

Se levantó de la mesa y se subió las mangas.

Así que Fred Bold fue a la casa de al lado y llamó firmemente a la puerta del señor McNumpty. Tras un largo y preocupante silencio, esta se abrió unos centímetros y tras ella apareció la mirada desconfiada de su vecino.

—¿Sí? —preguntó con brusquedad.

—Ah, señor McNumpty. Soy Fred, su vecino de al lado. ¡Qué pinta más bonita y limpia tienen sus ventanas! Solo quería asegurarme de que está usted bien… Mi mujer me ha contado que esta tarde ha habido un poco de lío.

Un «¡Mmmf!», una especie de gruñido airado, fue la única respuesta.

—Esperábamos… quiero decir, nos temíamos… que hubiera rodado por la escalera y se hubiera estrellado contra el suelo. Su cubo, quiero decir.

—Aún sigo aquí, ¿no?

39

—¡Y yo que me alegro! —añadió Fred, decidido a mostrarse de lo más amistoso, fuese lo que fuese lo que dijera el señor McNumpty—. Entonces, ¿no hay nada de lo que preocuparse? ¿Solo ha sido un desafortunado accidente?

—Sssupongo —contestó el señor McNumpty, silbando casi como una serpiente, y abrió un poco más la puerta—. O quizá haya visto algo inesperado, algo que me sobresaltó.

—Hum... No creo. Igual se mareó usted un poco por la altura.

El señor McNumpty abrió los ojos como platos y se acercó tanto a Fred que lo hizo sentir incómodo.

—Será mejor que ustedes los Bold vayan con cuidado, o podría contarlo todo...

—¿Qué quiere decir? —preguntó Fred inocentemente.

—Ya sabe lo que quiero decir —recibió por furiosa respuesta—. ¡Este asunto puede TRAER COLA! ¡Sí, COLA! ¡C-O-L-A! Ustedes no son trigo limpio. En absoluto. ¡LO HE VISTO TODO!

—Calma, amigo —le dijo Fred, adelantando las manos como para protegerse—. Sea lo que sea lo que vio, ejem, en realidad, hum, no lo ha visto. Así es la cosa.

—Su hija tiene cola, y seguro que los demás también. ¡Cola! Ya sabía yo que ustedes los Bold tenían algo extraño. ¡COLAS!

—Por favor, no grite —le pidió Fred, preocupado de que alguien en la calle oyese los gritos del señor McNumpty—. Por supuesto que no tenemos cola. ¡Nunca en mi vida había oído algo tan ridículo e insultante! Usted no ha visto nada de eso.

—¡Pues claro que sí!

—No, no, no, señor McNumpty. Era, hum, una cosa, una cosa peluda, un muñeco; sí, exacto. O no, más bien un... un plumero.

—Lo que vi era una cola. ¿Qué son ustedes? ¿Monos? ¿Hombres lobo? Estoy pensando en llamar a la protectora de animales y que se los lleven.

—No haga usted ninguna tontería —replicó Fred, intentando con todas sus fuerzas sonreír a su airado vecino, pero angustiado por si veía sus colmillos afilados y eso empeoraba las cosas—. Está dejándose llevar por su imaginación. Quizá se haya pegado un golpe en la cabeza. A lo mejor tiene fiebre. Permítame tocarle la frente... —Levantó una garra hacia el señor McNumpty, que dio un paso atrás y cerró la puerta casi del todo.

—¡Aléjese de mí, animal!

Fred pensó que lo mejor que podía hacer para calmar la situación era no decir nada durante un momento, así que se quedó en silencio y negó ligeramente con la cabeza.

—Ay, ay, ay... —murmuró, mirando al infinito—. Admito que somos un poco... inusuales —dijo en tono muy razonable—. Pero, en fin, «vive y deja vivir», ¿verdad? Y no es como usted dice. Mi hija le tiene mucho cariño a su plumero desde que era un cachorro... quiero decir, un bebé. Para ella es como su peluche preferido. Nunca ha jugado con muñecas, solo con ese viejo plumero. En fin, dejemos de hablar de colas, ¿le parece? —Y soltó una suave risita.

Ahora el señor McNumpty parecía menos molesto, como si no estuviera muy seguro de lo que había visto en el jardín.

—Bueno, quizá...

—No «quizá» no, amigo, *seguro* —dijo Fred con tono de dar por cerrado el tema—. Lo siento mucho si se llevó usted un susto y se le cayó el cubo.

—Pero me pareció... —siguió el señor McNumpty, cada vez menos seguro de sí mismo.

—Bueno, yo una vez creí ver a un hombre en la Luna, pero no era real, ¿no? —replicó Fred, soltando una risita que llevaba un rato conteniendo.

—Vale —asintió el señor McNumpty, dubitativo.

—Perfecto. Todo arreglado. ¿Le apetece venir a tomar el té y un poco de helado? —Fred se relamió.

—¡No, no me apetece! —exclamó el señor McNumpty, de repente molesto porque Fred había conseguido hacerle dudar de lo que había visto—. No me gusta estar con gente. Y tenga usted claro que los observaré a todos, y muy de cerca. ¡Como VUELVA A VER algo que me haga pensar que estoy viviendo al lado de unas criaturas peludas y pulgosas que se hacen pasar por personas decentes y cumplidoras de la ley, voy a delatarlos a todos!

Y, con eso, el señor McNumpty cerró de un portazo.

Capítulo

Tras el susto con el señor McNumpty, los Bold se quedaron un poco preocupados y decidieron ser más cuidadosos. Mantuvieron las colas bien ocultas dentro de la ropa, llevaron gorras y sombreros en todo momento para esconder las largas orejas y los morros, y todos procuraron no reírse demasiado fuerte para no molestar a su vecino.

Suerte que Minnie era una amiga comprensiva y de confianza: mantuvo su palabra y no le contó a nadie el secreto. Quizá la próxima vez no tendrían tanta suerte.

Pero ya sabéis cómo va el tema: si naces hiena,

siempre serás hiena. Hay cosas imposibles de evitar. A ver, en sí no había nada malo en reír, y ni siquiera en hacer de carroñeros, que a las hienas les sale de natural. Simplemente tenían que hacerlo con discreción.

Las cosas parecían ir bien hasta que una tarde, mientras los Bold merendaban unas chuletas de cordero con patatas y unas bellotas que había encontrado la madre bajo un árbol en el Parque Matojo, de repente llamaron con fuerza a la puerta. Betty fue a abrir, y un enfadado señor McNumpty, sin hacerle caso, pasó directo hasta la cocina.

—¡Es usted repugnante! —le gritó al señor Bold.

—Buenas tardes, señor McNumpty—dijo él amablemente—. ¿Es que ha pasado algo?

—¡Esta mañana le he visto rascarse el trasero con un arbusto de lilas del jardín, eso es lo que ha pasado! —contestó su vecino. Se le estaba poniendo la cara roja como un pimiento. Pero Fred se encogió de hombros.

—No hay ninguna ley contra eso, ¿no? Solo estaba marcando mi territorio.

Bueno, llegados aquí, será mejor que os cuente una cosa. Seguramente habréis oído que los perros marcan su territorio a base de orinar por todas partes. Es una costumbre un poco desagradable, pero las hay peores, creedme. A las hienas también les gusta marcar su territorio: lo hacen, y a la vez muestran quién es el jefe, frotándose el trasero contra árboles y arbustos. Reconoz-

co que no es muy elegante, pero tampoco le hacen daño a nadie.

El señor Bold se había esforzado mucho en ser humano: llevaba ropa, se cepillaba los dientes, usaba cuchillo y tenedor, y hasta leía el diario. Pero no podía desprenderse de una de sus costumbres animales, por mucho que su esposa le insistiera: le gustaba frotarse el trasero en las plantas del jardín para marcar su territorio. Era un placer sencillo, pero que un día iba a meterlo en serios problemas. Aunque me estoy desviando del tema.

—¡Es usted repugnante! —insistió el señor McNumpty—. Y además, sus hijos me han volcado el cubo de la basura.

—¡No es cierto! —exclamaron al mismo tiempo los gemelos.

—No, estimado amigo —dijo el señor Bold—. Lo siento, pero ese también fui yo. Usted había tira-

do un par de huesos de vaca, y no pude evitar olerlos al pasar esta mañana por delante. ¡El que aprovecha no derrocha! ¡Estaban deliciosos!

Betty miró su plato. De repente había perdido el apetito.

El señor McNumpty hizo un extraño ruido, como un leve rugido.

—¡Raaarrrg! ¡Vaya familia más sucia, horrible, asquerosa! —dijo—. ¡Viven como animales! ¿Por qué no se largan al Safari Park de Kenton con las otras bestias? ¡Allí estarían como en casa! —Y con esas palabras se fue, cerrando la puerta de golpe.

Los Bold se quedaron un momento sentados en silencio, sorprendidos. Entonces Amelia dijo:

—Comed, niños. ¿Alguien quiere más salsa de menta?

—No quiero comer nada de esto si viene de la basura del señor McNumpty —dijo Betty, frunciendo la nariz.

—Pues más para mí —replicó su padre bruscamente; cogió el plato de ella y pasó los restos al suyo—. En África ni nos lo pensaríamos. Allí nos lo comíamos todo. ¡Las hienas no derrochan!

—Y lo de frotarte el culo contra las plantas... ¡No sé cómo has podido! —dijo Betty, incrédula.

—No digas «culo», Betty, di «trasero» —intervino la señora Bold. Bobby se echó a reír.

—¿Me preguntas que cómo he podido? —siguió el padre mientras rebañaba un hueso—. Pues con la mayor facilidad. ¿Qué tiene de malo? Donde vivíamos antes lo hacíamos sin problemas, es como dejar una tarjeta de visita. Así, cuando pasa otra hiena, sabe de quién es el territorio.

Betty parecía estar a punto de vomitar, pero a Bobby se le había iluminado la mirada al mencionar lo de frotarse el trasero contra las plantas.

—Yo también lo he hecho —reconoció—. En la puerta del colegio. No pude evitarlo, era lo que me pedía el cuerpo. Al menos a mí no me vio nadie.

—Bien hecho —dijo Fred, que ahora lamía el plato con su gran lengua. Estaba muy orgulloso de su hijo: ¡ya se frotaba el trasero contra las plantas! ¡Cómo había crecido!

—Menos mal que no te vio nadie —comentó la señora Bold, aliviada. Su marido soltó una risotada especialmente fuerte.

—¿Lo ves? —dijo—. ¡Somos hienas! ¡Eso es lo que mejor se nos da: reírnos, comer carroña y rascarnos el trasero contra las cosas!

—¡Pues yo no soy ninguna carroñera! —exclamó Betty, indignada.

—Sí, sí que lo eres —la corrigió su padre—. Eres una hiena, nunca lo olvides.

—Bueno, querido —dijo la señora Bold, intentando calmar el ambiente—, ya basta. Hemos procurado que nuestros hijos encajen con los demás comportándose como humanos. Así que, por favor, no los confundas diciéndoles que está bien dejar su olor por todas partes y revolver en los cubos de basura.

El señor Bold suspiró y se rascó la cabeza.

—Sí, supongo que tienes razón —dijo.

Su mujer se inclinó hacia él y le dio un beso en el morro.

—¿Es que echas un poco de menos nuestra tierra? —le preguntó, comprensiva.

—Sí, la echo de menos, y ojalá los chicos pudieran conocerla algún día. Estoy totalmente de acuerdo en que usen cuchillo y tenedor cuando queremos no llamar la atención de los humanos. Pero en casa no hace falta, ¿verdad? ¿Para qué los cubiertos y los platos? Tendrían que poder ser hienas de vez en cuando, especialmente dentro de casa. Me gustaría verlos desgarrar la carne, rapiñar en la basura y correr por el jardín con sus colas y traseros al aire. ¡Todas las cosas que hacíamos nosotros cuando éramos pequeños!

Los gemelos miraban con preocupación. Nunca habían visto a su padre tan molesto; nunca habían oído una conversación tan larga sin que nadie se echase a reír.

—¿Te preocupa que estemos perdiendo nuestras raíces como hienas? —preguntó Bobby.

—Sí, creo que sí —contestó—. Y me preocupa que a mí también me esté pasando. De seguir así, acabaréis convertidos en humanos de verdad, ya no entenderéis el lenguaje animal y dependeréis de los supermercados para alimentaros.

Ya sé lo que estaréis pensando: ¿qué es el lenguaje animal? ¿Y qué tiene de malo comprar la comida en el supermercado? Me temo que no tengo una

buena respuesta para eso: yo no soy una hiena, y supongo que vosotros tampoco.

La cuestión era que, por mucho que el señor Bold quisiera hacerse pasar por humano, una parte de él echaba de menos su anterior vida. En su corazón siempre sería una hiena, y no quería perderlo. La verdad es que en el fondo deseaba proclamarlo a gritos.

Aquella noche, Fred soñó que estaba de vuelta en casa, en África, corriendo por las llanuras, cazando antílopes para cenar, agitando la cola cuando le daba la gana y riéndose tanto y tan fuerte como le alcanzaba la voz. Hizo tanto ruido en sueños que despertó a la señora Bold, que a su vez tuvo que darle varios codazos en las costillas.

A la mañana siguiente, Fred había trazado un plan.

Él y su esposa estaban sentados en el jardín, en

dos tumbonas. Bobby, que se había quedado muy impresionado ante la idea de marcar el territorio, olisqueaba un arbusto de rosas y se resistía a la tentación de bajarse los pantalones. Betty y Minnie hojeaban una revista del corazón y discutían qué famosa tenía mejor pelo.

—He estado pensando —le dijo el señor Bold a su esposa—. Creo que tenemos que volver a África por un tiempo. Presentar a los chicos a la familia, dejarlos volver a sus raíces de hiena, que practi-

quen su lenguaje animal y quizá aprendan un par de frases nuevas...

Amelia se echó a reír.

—Querido, me encantaría ver a mi familia y presentar a Betty y a Bobby a mis padres... ¡pero esa es la idea más ridícula que he oído en mi vida! ¿De dónde vamos a sacar pasaportes para los niños? ¿Y qué hacemos si después no podemos volver a Inglaterra? Últimamente en los aeropuertos se toman muy en serio la seguridad. ¿Y si descubren nuestro secreto y nos encierran en un zoo?

El señor Bold suspiró y negó con la cabeza.

—Vaya, vaya, no había pensado en eso —dijo—. No podemos correr un riesgo así.

—Desde luego que no. —Su esposa se mostró de acuerdo—. Me gusta nuestra vida aquí en Teddington. Me gusta esta casa. Me gustan nuestros trabajos. Y a los cachorros les va muy bien en el colegio.

(Eso no era cierto del todo: a Bobby habían vuelto a llamarle la atención por reírse durante la clase en la que les explicaron la epidemia de la peste bubónica, pero su madre no lo sabía).

—Lo siento, querido —siguió ella—, pero ni nosotros podemos ir a África ni África puede venir a nosotros. Vamos a tener que apechugar con lo que tenemos. Y la verdad es que es una buena vida.

Minnie, que había estado escuchando toda la conversación, levantó la mirada de la revista. Algo que había dicho la señora Bold le dio que pensar. Los animales serían más listos que los humanos, pero a veces a estos se les ocurren ideas bastante ingeniosas.

—Hum, señora Bold, creo que conozco una forma de que África venga a ustedes —dijo.

—¿En serio, Minnie? —contestó ella, muy sorprendida—. Por favor, cuéntamela.

—La semana que viene tenemos vacaciones en el cole. ¿Por qué no van de viaje al Safari Park de Kenton? He visto pósteres, y su eslogan es: *Hacemos que África venga a usted.*

—¡Eso es! ¡La solución perfecta! —exclamó el señor Bold, saltando de su tumbona y rodando por el patio entre risas—. ¡Ni siquiera está demasiado lejos!

—Bien hecho, Minnie—dijo Amelia—. ¡Qué humana más lista eres!

Tanto escándalo provocó que Bobby acudiera corriendo.

—¿Qué pasa? —preguntó.

—Nos vamos de excursión —dijo Fred, emocionado—. La semana que viene. ¡Al Safari Park!

Capítulo

El miércoles siguiente, los Bold salieron de expedición al Safari Park de Kenton. El precio del billete incluía montañas rusas y otras atracciones, pero a ellos eso no les interesaba: su deseo era ver a los animales salvajes. Iba a ser como un viaje de vuelta a casa, sobre todo para el matrimonio.

—Tenemos que quedarnos en el coche, querido —le recordó la señora Bold a su marido—. Eso dice en el folleto. Y con todas las ventanillas subidas. No puedes salir corriendo y empezar a dar vueltas alrededor de los leones como hacíamos en África.

—Ya lo sé, ya lo sé —dijo Fred, un poco triste—. Pero el aroma será maravilloso. No hay nada como el olor de una leona, niños, fuerte y poderoso para nuestro olfato de hienas. Ya veréis.

A los gemelos, en los asientos traseros, les temblaban las narices por anticipado. Estaban encantados ante la idea de ver y oler a todos los animales que hasta entonces solo habían conocido por las fotos o en la tele. Tampoco habían visto nunca a sus padres tan emocionados, y era contagioso.

Por fin llegaron a la Experiencia de Vida Salvaje de Kenton (por llamarla por su nombre completo).

En las puertas principales había un poco de cola. Los empleados vendían entradas y explicaban las reglas de la visita.

Manténganse en todo momento
dentro del coche durante su visita
al área salvaje.

Las ventanillas y los techos solares
deben permanecer cerrados del todo, y
no los abran bajo ninguna circunstancia.

No den de comer a ninguno de los
animales.

No besen a ninguno de los animales
salvajes. No les gusta.

(Al oír esto último, la señora Bold exclamó: «¡Bah!». El señor Bold le guiñó un ojo).

Mantengan bajo control a sus hijos
en todo momento.

Si participan en alguna de nuestras
sesiones llamadas «Conocer a los
animales», no metan las manos ni los
dedos en las bocas de estos.

(«¡Y también a un humano!», susurró Betty).

No se permiten animales en el parque.

(¡Bobby respondió con una buena carcajada de hiena al oír eso!).

La señora Bold soltó un chillido de emoción cuando miró el mapa que les habían dado.

—¡Vaya, vaya! —dijo—. ¡Aquí tienen todos los animales!

El parque tenía cientos de hectáreas donde las criaturas vivían y paseaban a placer, como si estuvieran en una selva de verdad. El mapa mostraba el camino que los coches debían seguir lentamente, y tenía dibujos de cada especie de animal

y en qué zona podían encontrarla. ¡Los había a montones, sí!

La señora Bold leyó la lista en voz alta, cada vez más emocionada:

—¡Leones, tigres, guepardos, aves de presa, elefantes! ¡Monos! ¡Loros! ¡Manatíes! ¡Pingüinos! ¡¡Camellos y llamas!! ¡¡Jirafas!! ¡¡Cebras!! ¡¡¡Rinocerontes!!! ¡¡¡Babuinos!!! ¡¡¡¡Y HIENAS!!!!

Fred sacó un pañuelo y se lo ofreció a su mujer.

—Estás babeando, Amelia —le dijo.

—¡Oh! —contestó ella, y se limpió las comisuras de los labios.

—¡Quiero ver primero a los leones! —dijo Bobby, que se había mostrado muy paciente durante el viaje, pero ahora que habían llegado por fin al parque ya no podía contenerse.

Elefantes
Manatíes
Hiena
Cebras
Aves de presa
Jirafas
Babuinos
Monos
Leones
ENTRADA

Camellos
EXPERIENCIA DE VIDA SALVAJE DE KENTON
K
Llamas
N
Rinocerontes
Guepardos
Tigres
Pingüinos
SALIDA
Loros

—¡Rinocerontes! ¡Rinocerontes! —gritó Betty.

—Calma, chicos —dijo Amelia—. Tenemos que avanzar lentamente y veremos a todos los animales por el camino. No es como un zoo, en el que están todos en jaulas. —Volvió a consultar el mapa—. Según esto, vamos a ver primero a los monos.

—Perfecto. ¿Todo el mundo listo? —preguntó el señor Bold mientras cruzaba las últimas puertas, que daban a la zona salvaje—. Solo tenemos tiempo para un chiste rápido.

Los niños se rieron, y la señora Bold dio a Fred una palmadita cariñosa en el brazo.

Pasaron un gran cartel rojo que avisaba de que los monos podían estropearles el coche, y que el parque no se hacía responsable.

Al principio, la aventura no resultó demasiado emocionante. No se veía a los monos por ninguna parte.

—¿Hay uno ahí, en lo alto de ese árbol? —preguntó la señora Bold.

—Puede ser —respondió su marido, dubitativo. Entonces levantó una oreja y dijo—: ¡Chissst! ¿Oís eso?

Al principio fue un sonido muy agudo, como el de una gaviota. Pero fue creciendo y creciendo hasta transformarse en un montón de chillidos fuertes y felices que resonaban por todas partes.

La señora Bold se volvió hacia Bobby y Betty, con la cara henchida de felicidad.

—¡Niños, ese ruido lo hacen los monos! ¡Nos están saludando!

Un golpe le hizo pegar un salto en su asiento.

—¡Hay uno en el techo! —dijo Fred entre risas. El ruido se hizo aún más fuerte y se oyeron más golpes. Entonces, un mono (una mancha borrosa de pelo marrón y dientes) aterrizó en el capó del coche. Después otro, y otro más. Sus sonrientes caras simiescas miraban por el parabrisas. Los monos del techo colgaban boca abajo por las ventanillas. Todos les daban la bienvenida chillona, repitiéndola una y otra vez.

—¡Gracias, monos! —dijo la señora Bold, secándose las lágrimas con un pañuelito. Entonces ella y su marido empezaron a hacer sus propios ruidos. Aquello no se parecía a ninguna de las pa-

labras que conocían Bobby o Betty. No lo habían oído nunca. Sus padres reían y chillaban respondiendo a los monos, que les devolvían ruidos similares. Más y más monos saltaron sobre el coche, algunos de ellos apretando la boca contra la ventanilla y dedicándoles sonoras pedorretas.

—¡Son adorables! —exclamó la señora Bold, volviendo a hablar en inglés—. Saben que somos animales y nos están saludando.

De repente, un gran Land Rover de rayas blancas y negras lleno de guardas del parque se colocó al lado del coche de los Bold e hizo sonar una fuerte alarma, un poco como la sirena de un barco. Todos los monos se alejaron corriendo y volvieron a subirse a los árboles.

—Siga avanzando, por favor —le dijo un guarda al señor Bold a través de un megáfono—. Los monos hoy están un poco demasiado amistosos. No hay nada de lo que preocuparse.

—No, si no estamos preocupados —contestó Fred—. Es de lo más divertido.

—¡Ha sido la bomba! —dijo Betty.

—¿Qué animales tocan ahora? —preguntó Bobby.

—Las jirafas y las cebras —respondió el señor Bold sin ni siquiera mirar el mapa—. Ya las huelo desde aquí. ¿Vosotros no?

Los gemelos olisquearon el aire. No tenían ni idea de cómo olían las jirafas o las cebras, pero captaron unos aromas como de caballo y paja que les resultaron nuevos del todo.

—Huelo algo interesante —dijo Bobby.

—¡Uau! —Betty se mostró de acuerdo—. ¡Delicioso!

Había varias jirafas a unos metros del camino, mascando hojas directamente de la copa de un árbol. Cuando el coche de los Bold se acercó, giraron sus cabezas para mirarlo, pero no se movieron.

—¡Hola, jirafas! —dijo Amelia—. ¡Venid a saludar!, ¿no?

Dejaron de masticar y pusieron cara de indignación ante aquella sugerencia.

Lo siguiente que vieron fue una manada de cebras. Todas levantaron la cabeza desde donde estaban pastando, echaron un vistazo al vehículo de los Bold, se miraron entre ellas un momento y salieron al galope en la dirección contraria, levantando una nube de polvo con sus pezuñas.

—¡Caramba! ¡Es como si quisieran huir de nosotros! —dijo Bobby.

—Sí... ¿Qué problema tienen?

—Veréis, queridos —contestó la señora Bold, mirando hacia atrás para asegurarse de que los guardas no estuvieran controlando las reacciones que provocaban entre los habitantes del parque—: en África, las hienas y las cebras nunca han sido muy amigas.

—¿No os entendíais? —preguntó Betty.

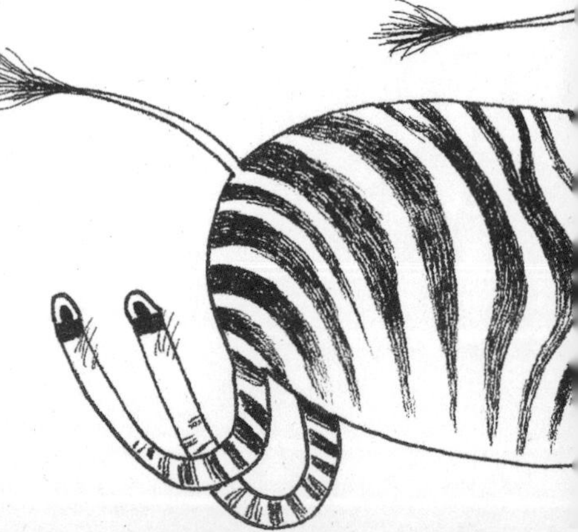

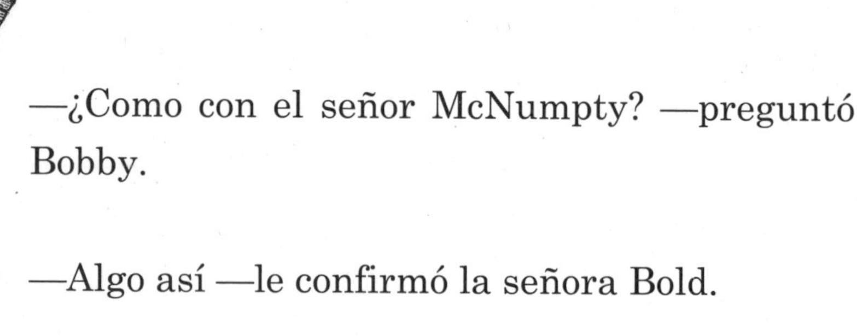

—¿Como con el señor McNumpty? —preguntó Bobby.

—Algo así —le confirmó la señora Bold.

—¿Y por qué? —insistió Bobby—. Solo las estábamos mirando, como todos los demás.

Fred suspiró.

—Es solo que en el lugar del que venimos no había supermercados. Y si a las hienas nos entraba un poco de hambre, pues...

—¿Pues qué? —preguntó Betty.

—Hum, ¿cómo decirlo? —dudó su padre.

—Para las hienas, las cebras son de lo más sabrosas —soltó Amelia de sopetón.

—¡Puaj! —exclamó Betty.

—Pues con nosotros no tienen por qué preocuparse. —Bobby rio—. Hoy vamos a comer en el Restaurante Salvaje.

—Cierto —dijo la señora Bold—. Bueno, ¿y ahora qué viene? —Consultó el mapa—. Ah, los elefantes. —Sonó aliviada. Los elefantes no iban a reaccionar de ninguna manera especial. En las llanuras del Serengueti, apenas había nada ni nadie que molestase a aquellas enormes pero ágiles criaturas (aparte de los cazadores ilegales, claro).

Una gran familia de elefantes pasó por el lado del coche. Sus grandes y sabios ojos parecieron sorprenderse un poco al ver a los Bold, pero no hicieron nada más. Toda la familia de hienas estuvo de acuerdo en que eran criaturas magníficas, majestuosas.

—Por ahora son mis preferidos —dijo Bobby con solemnidad.

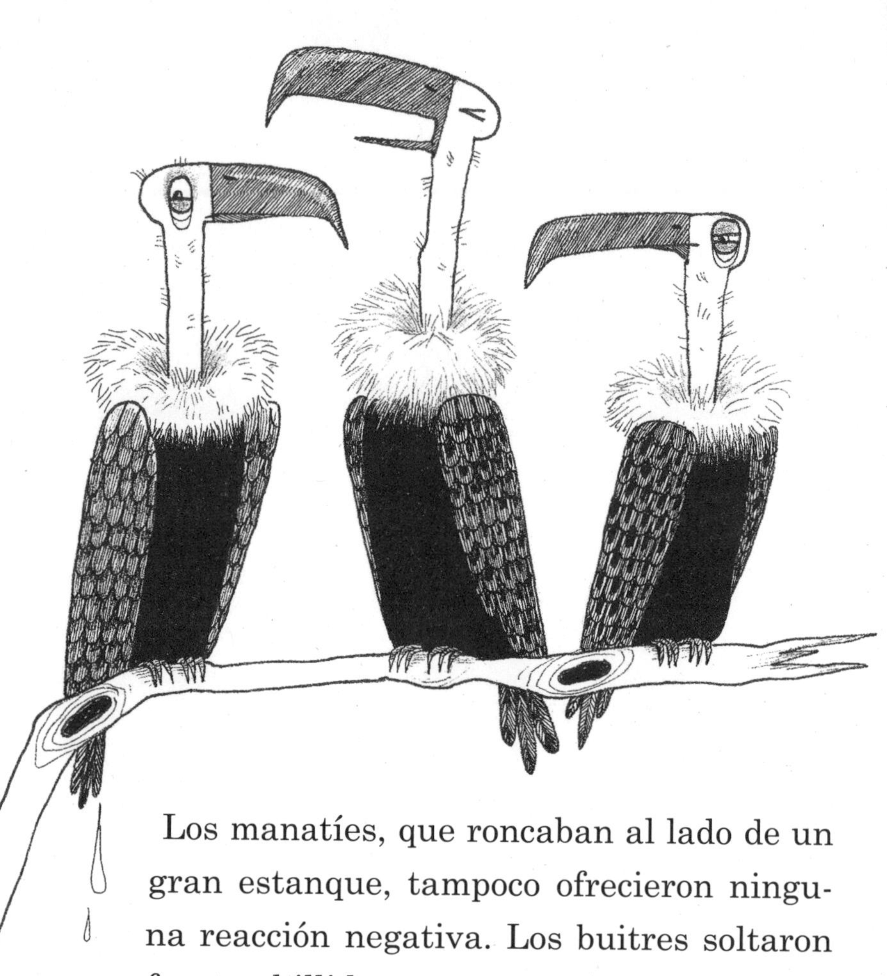

Los manatíes, que roncaban al lado de un gran estanque, tampoco ofrecieron ninguna reacción negativa. Los buitres soltaron un fuerte chillido, pero pareció más un aviso dirigido a los Bold que un grito de alarma. Los babuinos tiraron barro al coche y les mostraron sus traseros.

—¡Qué asco! —exclamó Betty.

Pero entonces llegaron a la zona de los felinos.

—Ahora vienen los leones —dijo la señora Bold, y miró nerviosa a su marido—. Quizá deberíamos dar la vuelta, ¿no te parece?

—¿Por qué, mamá? —preguntó Bobby inocentemente—. ¡Yo quiero ver a los leones, los reyes de la selva!

—Los leones y las hienas no se llevan bien, querido —dijo la señora Bold—. La verdad es que somos archienemigos. ¿Tenéis las ventanillas cerradas del todo?

—Oh —replicó Bobby—. ¿Es que va a haber una «pelea salvaje»?

—Con suerte, estarán durmiendo. —El señor Bold intentó no inquietar a su hijo.

—Pero ahora no estamos en África, ¿no? —comentó Betty en tono muy razonable.

—Puedes sacar al león de la selva, pero nunca sacarás la selva del león —dijo el señor Bold con sabiduría.

Vieron unos diez leones, de todos los tamaños, tumbados en la hierba, sesteando al sol de verano. O al menos allí estaban hasta que oyeron el coche de los Bold. Uno a uno se levantaron todos y contemplaron fijamente el Honda azul. Betty soltó una risita nerviosa cuando dos leonas agacharon la cabeza y empezaron a avanzar hacia el coche.

—¿Te parece que vayamos un poco más rápido, papá? —preguntó Bobby. Para entonces un gran león macho había empezado a seguirlos, mostrando sus colmillos. El señor Bold aceleró, pero los tres leones ya estaban en plena persecución, bufando y babeando en dirección a los Bold, con odio en la mirada. Los músculos de sus espaldas se agitaban mientras aceleraban el paso hacia sus presas.

—¡Rápido! —insistió Bobby—. ¡Casi los tenemos encima!

—Oh, oh —dijo el señor Bold—. En una situación como esta solo podemos hacer una cosa. ¿Lista, Amelia?

—Lista —dijo la señora Bold con los dientes entrecerrados.

Su marido echó el freno de repente, y tanto él como su esposa abrieron sus ventanillas. Justo cuando la leona más cercana iba a precipitarse sobre el coche, los dos se pusieron a gritar con una especie de mezcla entre ladrido y carcajada. Los leones pararon de repente, dudaron, sisearon con violencia… y se dieron la vuelta, largándose a toda velocidad.

El señor y la señora Bold callaron y volvieron a cerrar las ventanillas.

—¿Seguimos, querido? —preguntó ella con una sonrisa muy propia, y él volvió a ponerse en marcha.

—Sí, vamos —contestó.

Los gemelos se miraron el uno al otro, alucinados.

—¿Qué ha sido ESO? —preguntó Betty.

—¿Quieres decir el ruido que hemos hecho? —dijo la señora Bold—. Nada, un viejo truco de nuestra tierra.

—¡Pues ha sonado genial! —exclamó Bobby, que intentó repetirlo pero solo consiguió sonar como un loro irritado.

—Basta, Bobby. Todavía no le has cogido el truco. Ya te enseñaré a hacerlo bien cuando estemos lejos de donde alguien pueda oírnos —le dijo su padre—. Es el grito de guerra de las hienas. Solo lo usamos en situaciones de extremo peligro o de combate. Normalmente funciona. Bueno, ¿y ahora qué viene?

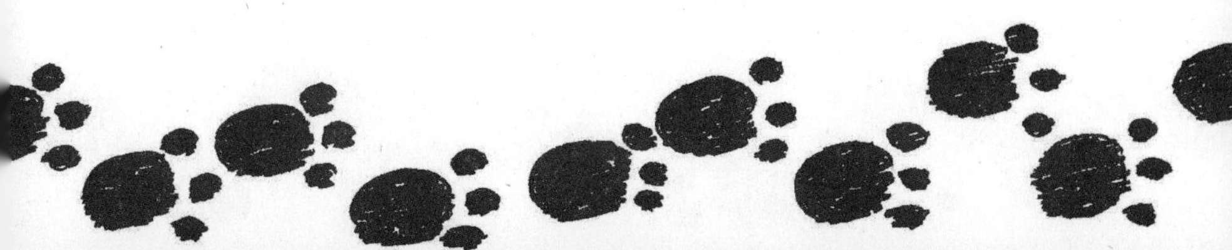

—¡Oooh, Fred! —exclamó Amelia tras consultar el plano—. Ahora tocan las hienas, ¡lo que estábamos esperando!

Capítulo

Os confieso que no me extraña que los animales sepan hablar. Me sorprendería mucho más que no supieran. Yo siempre les he hablado a mis mascotas, y estoy convencido de que me entienden. Y no me refiero solo a «buen chico» y «mal chico». El otro día mantuve una conversación muy interesante con mi perro Albert sobre música clásica. Mi compositor favorito es Mozart. El suyo es Bach.

Todos los seres vivos se comunican. Hasta los miembros de la familia real lo saben. Por lo visto, hablan con sus plantas. Será que entre vegetales se entienden.

Cuando los humanos hablan con los animales es una cosa, pero cuando los animales hablan entre ellos se hace muy difícil seguirlos. Es como oír una lengua extranjera. Que es justo lo que es, claro. Los perros se dedican ladridos a través de la verja del jardín: «¡Guau, guau, guau, guau, guau!». A saber lo que se cuentan. Un pececito en una pecera abre y cierra la boca, pero nosotros no oímos ni una palabra. Solo otro pez podría entenderlo.

Cuando los Bold entraron en la reserva de las hienas del Safari Park de Kenton, la conversación con las hienas «residentes» fue de lo más avanzada para lo que es habitual entre los animales.

Las hienas del safari no hablaban inglés, aunque lo entendían, así que creo que será más fácil que os lo traduzca todo. Si no, solo veréis un montón de grrrumps y shhrrrieeekkks que no os resultaría muy divertido de leer ni tendría el menor sentido.

Aunque a Bobby y a Betty no les habían enseñado mucho del lenguaje de las hienas, comprendieron instintivamente lo más básico de lo que oyeron; a fin de cuentas, también eran hienas. Y si yo puedo traducíroslo todo es porque soy muy listo, y no puedo decir más sobre el tema. En fin, sigamos con la historia.

Ah, pero antes tengo que explicaros un par de cosas. En el Safari Park de Kenton vivía un clan de seis hienas: una pareja, de nombres Boo y Ena, sus tres cachorros —que habían nacido aquella misma primavera— y un anciano y arrugado macho llamado Tony.

Llevaban una vida de lo más agradable: los cuidadores les tiraban montones de carne fresca, tenían una madriguera caliente en la que dormían de noche y mucho espacio para corretear. Ni siquiera les importaba la sucesión inacabable de coches que pasaban, llenos de gente que no dejaban de mirarlos. A veces Boo y Ena montaban

un numerito para ellos: corrían persiguiéndose sus propias colas o soltaban **fuertes risotadas** de hiena, cosa que parecía divertir a los visitantes humanos. Eran unos padres muy protectores, pero ahora que sus cachorros habían crecido un poco les gustaba exhibirlos.

Aun así, Toni, el macho anciano, ya no estaba para muchos trotes. Tenía un poco de artritis y la mayor parte del tiempo se quedaba tumbado a la sombra sesteando, aunque no tardaba en ponerse de pie cuando era la hora de comer.

Todas las hienas conocían bien a sus cuidadores, y el día anterior a la visita de la familia Bold habían cenado, como de costumbre, a las seis de la tarde. Las hienas siempre estaban dispuestas a comer, y daban vueltas y vueltas alrededor de su hábitat esperando la llegada de la furgoneta. Desde el vehículo, la cuidadora les tiraba apetitosos

trozos de carne a través de una trampilla diseñada especialmente.

Pero aquel día había venido acompañada por el veterinario. Mientras cenaban vieron como el hombre los observaba y tomaba notas. Tampoco era nada raro: desde que habían nacido los cachorros, acudía con frecuencia a echar un vistazo y comprobar que estuvieran sanos y felices.

Esta vez se concentró en Tony, sobre el que no paraba de escribir en su libreta.

—¿Qué le pasa al veterinario? —le preguntó Boo a Ena.

—Quién sabe —contestó ella—. Parece que está observando a Tony. ¿Has visto, Tony?

A su edad, Tony ni veía ni oía demasiado bien…, pero sí notaba cuándo lo observaban. «Panda de cotillas», murmuró con la boca llena. «Venga, no os cortéis y controlad al vejestorio. ¡Vaya caraduras!». Tony llevaba muchos años en el parque, y en sus tiempos había sido el líder de las hienas, pero estos últimos años se dedicaba a disfrutar de una vida tranquila. Acabó la cena y se echó a dormir.

Boo y Ena estaban lavando la cara de sus cachorros, lamiéndolos, cuando oyeron que el veterinario le decía a la cuidadora:

—Es muy triste, pero creo que ha llegado el momento de sacrificar a la hiena vieja. Está cansado y canoso, y se nota que la artritis le causa dolor y muchos problemas. Las otras hienas no tardarán en volverse contra él y lo matarán. Eso es lo que pasa en la selva, pero no quiero que pase aquí. Hay que ayudarlo a salir de su miseria.

—Muy bien —dijo la guarda—. Será lo mejor. Esta semana van a venir muchos turistas, así que hagámoslo… ¿el próximo miércoles, después de la hora de cerrar?

—Perfecto. —El veterinario se mostró de acuerdo y tomó nota de la fecha en su libreta—. Es triste, ¿verdad?

—Ha tenido una buena vida —dijo la cuidadora—. Lleva aquí más tiempo que yo. No va a sentir nada, ¿verdad?

—No, nada de nada. Nos vemos la semana que viene.

Boo y Ena se quedaron como paralizados por el horror.

—¡**No**! —gritó Ena—. ¡No **pueden** hacerle eso a Tony!

—¡No le pasa nada malo, solo es viejo! Se queja un poco por la artritis, pero desde luego que no siente dolor constante, y de ninguna manera lo atacaríamos y lo mataríamos. ¿¡Cómo pueden decir algo así!? —se preguntó Boo. Miraron hacia donde dormía Tony, felizmente ignorante de la situación.

—Tenemos que intentar evitarlo —dijo Ena—. Pero ¿cómo?

—Me temo que no podemos hacer nada —replicó Boo—. Cuando deciden algo, decidido está. Pobre Tony.

—No podemos decírselo —añadió Ena con tristeza—. Tenemos que dejarle vivir sus últimos días feliz y contento.

Decidieron mostrarse especialmente amables con él, darle los mejores trozos de carnc y dejarlo dormir en el lugar más cómodo de la madriguera. ¡Solo le quedaban siete días!

Capítulo

Al entrar en la zona del parque que acogía a las hienas, el parloteo en el coche de los Bold alcanzó su clímax.

—¡Cómo se me mueve la cola dentro de los pantalones! —dijo el padre—. No puedo creerme que por fin vayamos a ver a nuestros hermanos.

—¿Podemos salir del coche y jugar con ellos? —preguntó Bobby.

—Me temo que no, querido —le contestó su madre—. Las reglas son muy estrictas en cuanto a eso. Pero ¿no es emocionante?

—Nunca he visto a otra hiena —comentó Betty—. Bueno, aparte de nosotros. ¿Qué les digo?

—Les hablaremos en el lenguaje animal —contestó el señor Bold con firmeza.

—Ya veréis como os sale de manera natural en cuanto lo oigáis —añadió su esposa.

—¡Mirad! —gritó Bobby—. ¡Ahí están!

Las hienas se encontraban a unos cincuenta metros por delante de ellos, cerca del borde del camino. Tony estaba tumbado boca arriba y los cachorros le trepaban por todas partes, le hacían cosquillas en el morro bigotudo, saltaban a la hierba y volvían a subírsele a la barriga. Él los miraba con expresión benevolente y de vez en cuando les soltaba un lengüetazo cariñoso, mientras Boo y Ena estaban juntos, sentados a unos metros, contemplando orgullosos a sus hijos y a la vez asegurándose de que el juego no cansara demasiado a Tony.

—¡Tienen tres hijitos! —dijo Betty—. ¡Qué tierno!

Incapaces de contener más la emoción, Fred y Amelia empezaron a saludarlos a gritos: «¡Hola! ¡Aquí, en el Honda!» y «No nos delatéis, pero nosotros también somos hienas».

Boo se volvió hacia el coche de los Bold, confuso: le había parecido oír voces de hiena. Entonces los vio.

—No mires, Ena, pero hay un coche lleno de hienas vestidas como personas —dijo.

—A ti te ha dado demasiado el sol —contestó Ena, y miró hacia el Honda—. ¡Anda! ¡Pero si tienes razón! —Los dos se frotaron los ojos, alucinados.

—¡Yuuuju! —gritó Fred—. Encantado de conoceros. ¿Todo bien?

Ena y Boo le dijeron a Tony que vigilara a los cachorros y corrieron a acercarse a los Bold para verlos mejor.

—¿Qué diablos...? —dijo Boo—. ¡Pues es verdad que sois hienas!

—Nunca, en toda mi vida, había visto nada así —añadió Ena—. ¿Quiénes sois? ¿De dónde venís? ¿Cómo es que...?

—Es una larga historia, amigos —respondió Fred, y presentó rápidamente a Amelia, a sus hijos y a sí mismo—. El caso es que vinimos hace unos años desde África. Encontramos unos pasaportes... Ahora vivimos disfrazados. Hasta tenemos trabajo y...

—Siento unas ganas incontrolables de bajarme del coche y ponerme a olisquear traseros de hienas —interrumpió Bobby, que no podía quedarse quieto en su asiento.

—Con mucho gusto —contestó Boo—. Nosotros siempre lo hacemos. Pero no creo que a los guardas les guste.

—No, Bobby —dijo la señora Bold—. Tenemos que quedarnos en el coche.

—Este es mi Boo, y yo soy Ena —dijo ella.

—Boo... y Ena... «¡Y Ena!». ¡Hiena! —comentó Fred—. ¡Qué gracioso!

—Ah, sí —afirmó Ena—. Nunca falla. —Y todos soltaron unas buenas y sonoras risotadas.

Los miembros de los dos clanes tenían mucho que contarse, y estaban encantados de conocer por fin a otras hienas. Un rato después Ena llamó a sus cachorros para que se acercaran a conocer a sus nuevos amigos. Tony también fue, con paso temblequeante, y se rascó la cabeza al ver a los Bold.

—¿Así que vivís en una casa? Eso suena bien —dijo—. Aquí en el Safari Park hace frío en invierno. Creo que hasta tengo un poco de artritis en las patas traseras.

—Pero no podemos quejarnos —lo interrumpió Boo—. Estamos muy bien cuidados. Cada día a las seis en punto nos traen comida sabrosa, y ya cortada.

—Si me perdonáis —dijo Tony—, creo que me llama la naturaleza. —Y se fue hacia la hierba más alta a hacer sus necesidades.

—Qué anciano más adorable —comentó la señora Bold.

—Es como el abuelo que nunca hemos tenido —dijo Bobby mirando a Tony, que se alejaba dando tumbos.

—Pero la situación es muy **triste** —añadió Ena con la voz quebrada por la emoción—. Tiene los días contados.

—¿Cómo es eso? —preguntó Fred.

Ena no era capaz de contar la historia, así que Boo se encargó.

—El veterinario dice que Tony es demasiado viejo. Cree que la artritis le duele demasiado. Pero lo peor es que piensan que, como está débil, Ena y yo vamos a atacarlo. ¡Nunca haríamos eso! Es casi de la familia, y nuestros cachorros lo adoran. Pero... —Se pasó una garra por la garganta, como cortándose el cuello—. Lo harán el miércoles que viene.

—¡No! —exclamó Betty, asustada—. ¿¡Van a matarlo!?

—Bueno, sí, van a «sacarlo de su miseria». Ayer los oímos hablar y es lo que dijeron.

—Tony no sabe que está condenado —dijo Ena—. Nos ha parecido mejor no decírselo. Es un destino demasiado horrible, y él es tan encantador...

—¿Van a acabar con él solo porque es un anciano y un poco... pasado de su fecha de caducidad? —replicó Fred—. Eso es muy siniestro.

—¿No podemos llevárnoslo a casa y que viva con nosotros? —preguntó Betty.

—¿Y cómo íbamos a hacer eso, querida? —dijo Amelia—. Esto es un Safari Park, no un refugio para animales sin hogar.

Justo entonces, el Land Rover de los guardas se acercó al Honda. El que las hienas del parque pasaran tanto tiempo junto a un coche los preocupaba, así que indicaron a los Bold que circularan y que se asegurasen de tener las ventanillas bien cerradas.

Fred se rascó la barbilla.

—Tenemos que irnos —les dijo mientras volvía a poner el vehículo en marcha—. Pero oídme: quizá, solo quizá, se me ocurra alguna manera de ayudar al pobre Tony y salvarlo del destino que le espera el miércoles que viene. —Boo y Ena aullaron aliviados—. No puedo prometeros nada, pero voy a pensar en el asunto. Cuando se me ocurra algo, vuelvo y os lo cuento.

Todos se despidieron al estilo hiena, y los Bold siguieron conduciendo.

Capítulo 10

Cuando los Bold volvieron aquel día a su casa, se dieron cuenta de que el haber conocido a otras hienas, y muy especialmente el hecho de que fueran a acabar con la más anciana, Tony, los había dejado muy pensativos.

—Creí que sería divertido —dijo el señor Bold—, pero ahora ya no estoy tan seguro. Desde luego, no es cosa de risa.

—Por maravilloso que haya sido ver y conocer a otros animales como nosotros, ahora no me siento especialmente feliz —añadió la señora Bold.

—¡Los humanos son muy mala gente! —exclamó Betty—. ¿Cómo pueden hacerle algo tan horrible a Tony?

—Si las personas son así, yo no quiero vivir como ellas —dijo Bobby, enfadado—. Preferiría irme a la selva.

Por suerte, durante el camino de vuelta a casa el señor Bold había tramado un ingenioso plan de hiena, y quizá, quizá, se le había ocurrido la forma de salvar a Tony y hacer felices a todos los demás.

—¿Qué os parecería si Tony se viniese a vivir con nosotros? —preguntó.

—¡Oh, sí! —contestaron los gemelos—. ¡Sí, por favor!

—¿Qué quieres decir, cariño? —preguntó Amelia—. ¿Cómo sería posible?

—Bueno, no va a ser fácil, pero creo que hay una forma de rescatarlo. A ver, ¿aún tienes el plano del Safari Park?

La señora Bold lo sacó del bolso y se lo entregó.

Fred lo abrió sobre la mesa y lo estudió con todo detalle.

—Hummm, ya veo —dijo—. Tenemos muy pocos días, así que será mejor actuar rápido. Y vamos a necesitar la ayuda de Minnie. Betty, llámala a ver si puede venir mañana temprano. Esta noche vamos a limpiar la habitación de invitados, que está llena de trastos, palos viejos y huesos a medio roer. Los próximos días vamos a estar muy ocupados. Menos mal que tenéis vacaciones. Habrá que trabajar en plena noche, así que me temo que ninguno de nosotros va a dormir mucho.

Fred se tomó unos días personales en el trabajo para llevar a cabo su plan. Primero condujo hasta el Safari Park por la mañana y les contó a Ena y Boo los detalles. Ellos se emocionaron tanto que empezaron a dar volteretas.

—¡Es un plan brillante! —exclamaron entre risas y aullidos.

—Pero tenéis que contárselo a Tony —dijo Fred—. Si no le hace ilusión venirse a vivir con nosotros, no podemos hacer nada.

—La alternativa es demasiado horrible —replicó Ena.

—Y lo traeremos de visita siempre que quiera —añadió Fred.

—Me gusta esa idea. Lo vamos a echar de menos —dijo Boo.

Pero ¿cuál era exactamente el plan del señor Bold? Sé que os lo estáis preguntando. Bueno, pues tenía que ver con cavar. Cavar y cavar y CAVAR. De noche. Iban a cavar un túnel desde el exterior del Safari Park. El señor Bold había elegido una zona justo fuera del perímetro del parque que era tierra baldía y quedaba oculta por unos árboles, de forma que nadie se daría cuenta. Mientras, Ena y Boo cavarían desde dentro de su madriguera, a escondidas de los guardas. Si todo iba bien, los dos túneles se encontrarían a medio camino, Tony podría escapar, y después volverían a llenarlos. Cuando los guardas llegaran al trabajo el siguiente miércoles, el túnel ya habría desaparecido y Tony estaría cómodo y calentito en el dormitorio de invitados de los Bold.

—¿Y entonces, qué? —preguntó Amelia—. En cuanto descubran que Tony ha desaparecido va a montarse un lío descomunal. Ya estoy viendo los titulares de los diarios: ¡HIENA SUELTA! ¡Puede que incluso hagan registros casa por casa! ¡Estaremos todos en peligro!

Fred también había pensado en eso, y ahí era donde entraba Minnie. Como recordaréis, su padre era carnicero en la calle principal de Teddington, así que la misión de la hija era coger huesos grandes de la cámara frigorífica, que después los Bold tirarían por la zona de las hienas. Entonces los cuidadores, al descubrir que Tony no estaba, sumarían dos y dos y les daría cinco: supondrían que se lo habían comido las otras hienas, tal como habían predicho. Como humanos, os parecerá un plan de lo más repugnante, pero no lo era ni la mitad de lo que el veterinario (un humano) pensaba hacerle al pobre Tony (una hiena).

Los humanos mantendrían todo aquel desagradable asunto en silencio, para no despertar reacciones negativas en la opinión pública. Un poco de canibalismo entre animales salvajes no es lo nunca visto, pensarían muy razonables; simplemente, la naturaleza había seguido su curso.

O al menos ese era el plan. Pero ¿funcionaría de verdad? Fred no lo sabía, pero era lo mejor que se le había ocurrido. En realidad, era lo único que se le había ocurrido.

Aquella misma noche empezaron a cavar. Los cuatro Bold esperaron un buen rato para asegurarse de que todo el mundo se hubiese ido a dormir, salieron disimuladamente de su casa y se metieron en el coche.

Para vosotros y para mí, quedarnos levantados toda la noche sería de lo más raro, pero la cuestión es que las hienas son animales nocturnos. Como las lechuzas y los murciélagos, prefieren dormir de día y hacer vida de noche, ocultos por la oscuridad. Aquella era otra costumbre que los Bold habían tenido que cambiar al llegar a Teddington, para no llamar mucho la atención como humanos. Pero ahora les costó muy poco volver a estar despiertos de noche mientras iniciaban su viaje al Safari Park. A Betty y Bobby les pasó lo mismo.

Con el ruido del motor al ponerse en marcha, una luz se iluminó en el piso de arriba de la casa del señor McNumpty, y su gran cara gris apareció en la ventana, observándolos con una mueca de disgusto. A saber por qué, él también era un poco nocturno.

—Caramba —dijo el señor Bold—, nos han descubierto. No importa. No hay ninguna ley que prohíba conducir de noche.

Los Bold fueron a Kenton y aparcaron junto al alto muro del fondo del Safari Park. Comprobaron que no hubiese nadie cerca y se ocultaron en el punto elegido, bajo los árboles y tras una densa mata de helechos y zarzales.

—Y ahora, ¿qué? —preguntó Bobby, excitado.

—Escuchadme todos —dijo el señor Bold mientras consultaba el plano del parque—. Ahora viene el trabajo duro. La madriguera de las hienas está exactamente a sesenta metros en esa dirección —señaló al otro lado del muro— y tenemos que cavar primero hacia abajo y después hacia delante. Boo y Ena harán lo mismo desde su lado. Me han dicho que cavar se les da muy bien, y que cada noche harán tanto como puedan. Hoy es jueves. Tendremos que cavar cinco metros por jornada, y ellos lo mismo, aunque también pueden seguir por la mañana si tienen cuidado de que no los vean. Según mis cálculos, nos encontraremos a medio camino en algún momento del martes como muy tarde. Entonces podremos sacar a Tony.

—Las hienas somos muy buenas cavando —añadió la señora Bold para tranquilizar a los demás—. Y somos cuatro, así que podemos hacer turnos.

—¿Eso quiere decir que voy a tener que ensuciarme? —preguntó Betty, frunciendo el morro.

—Sí, querida —contestó el señor Bold, arremangándose—. Vamos a quedar cubiertos de tierra y barro de la cabeza a las garras.

—Cavar nos sale de forma natural. Cuando empieces, verás que te encanta —aseguró Amelia a su hija.

—¡Qué asco! —exclamó Betty.

—Venga, vamos a ello —dijo Bobby con una risita.

El señor Bold dedicó un minuto a elegir el punto más adecuado para empezar el túnel, y después se puso a cuatro patas. Rastrilló la tierra con las delanteras, apartando a un lado las hojas y ramitas. Después aplicó más fuerza y empezó a cavar. La parte de arriba del suelo era seca y polvorienta, pero cuando cogió el ritmo y fue avanzando, la tierra se volvió más oscura, húmeda y blanda. Sus patas delanteras, cada vez más veloces, se convirtieron en una mancha, y de detrás de él voló un chorro de tierra y arena, como si fuera una manguera de jardín a toda potencia. Poco a poco, a medida que el agujero que había creado se iba agrandando, fue desapareciendo de la vista.

Al cabo de diez minutos hizo una pausa para descansar y volvió a salir. Tenía todo el morro cubierto de tierra y respiraba a grandes bocanadas, sin apenas resuello, con su larga lengua rosa asomando por un lado de la boca. Nunca había parecido menos humano y más hiena. A la señora Bold le resultó muy sexi.

—Ten, cariño —le dijo en tono de coqueteo, mientras vaciaba una botella de agua en un bol y lo dejaba en el suelo—. Echa un trago... por una vez, al estilo clásico. —Su marido se agachó y bebió a lametazos como un perro sediento (o una hiena).

—¡Uau, papi! —rio Betty—. ¡Ahora sí que pareces salvaje!

—¡Ha sido fantástico! —dijo él entrecortadamente—. ¿Quién quiere probar ahora?

—¡Yo, por favor! —pidió Bobby. Las patas le temblaban de emoción desde que había visto cómo cavaba su padre.

—Muy bien —señaló la señora Bold—. Salta al agujero.

Bobby soltó un aullido de emoción y se metió en el hoyo. Le resultó tan excitante como montar en bici por primera vez, y vio que cavar era, en efecto, tan natural para él como nadar para un pato.

Unas horas después, los cuatro estaban cubiertos de barro, cansados, pero gloriosamente felices. Incluso a Betty le había encantado aquella primera experiencia. Por una vez, rendirse a sus instintos de hiena le había resultado muy satisfactorio.

—¿Quién iba a decirlo? —Miró la tierra negra bajo sus uñas—. ¡Es lo más divertido que he hecho nunca!

—Cuando sea mayor, quiero ser excavador profesional —anunció Bobby.

Habían cavado los primeros cinco metros del túnel. Como empezaba a amanecer, el señor Bold dijo que era hora de volver a casa.

—Ha sido un buen principio —le dijo a su familia—. Ya volveremos mañana a cavar más.

—Pero primero... ¡un baño y un buen desayuno! —añadió la señora Bold.

—Lo que me recuerda...

¿Por qué se dio un baño el detective?
¡Para sacar algo en limpio!

Capítulo

Como humanos, a nosotros nos resulta difícil comprender lo maravilloso que les resultó a los Bold ponerse a trabajar de aquella manera. Aunque su misión era salvar al pobre Tony, las visitas nocturnas al túnel, el frenético cavar y el acabar cubiertos de barro y porquería supusieron para ellos toda una liberación. Como si a un pájaro enjaulado de repente le permitieran echarse a volar por el cielo infinito.

Los Bold eran más felices de lo que nunca habían imaginado. La única parte triste era limpiarse el barro cuando volvían a casa cada mañana. A Bobby y Betty tenían que recordarles que volvieran

a caminar sobre dos patas, y Fred se aguantaba las ganas de frotarse el trasero contra la puerta del jardín.

El único problema era el molesto señor McNumpty, que no solo los observaba salir de su casa cada noche sino también regresar totalmente embadurnados. Pero el señor Bold sabía que nada podían hacer respecto a su vecino metomentodo. Además, tenían derecho a ir y venir tanto como quisieran, y por curioso que él se mostrase no iba a averiguar lo que ellos estaban tramando. Mientras, el

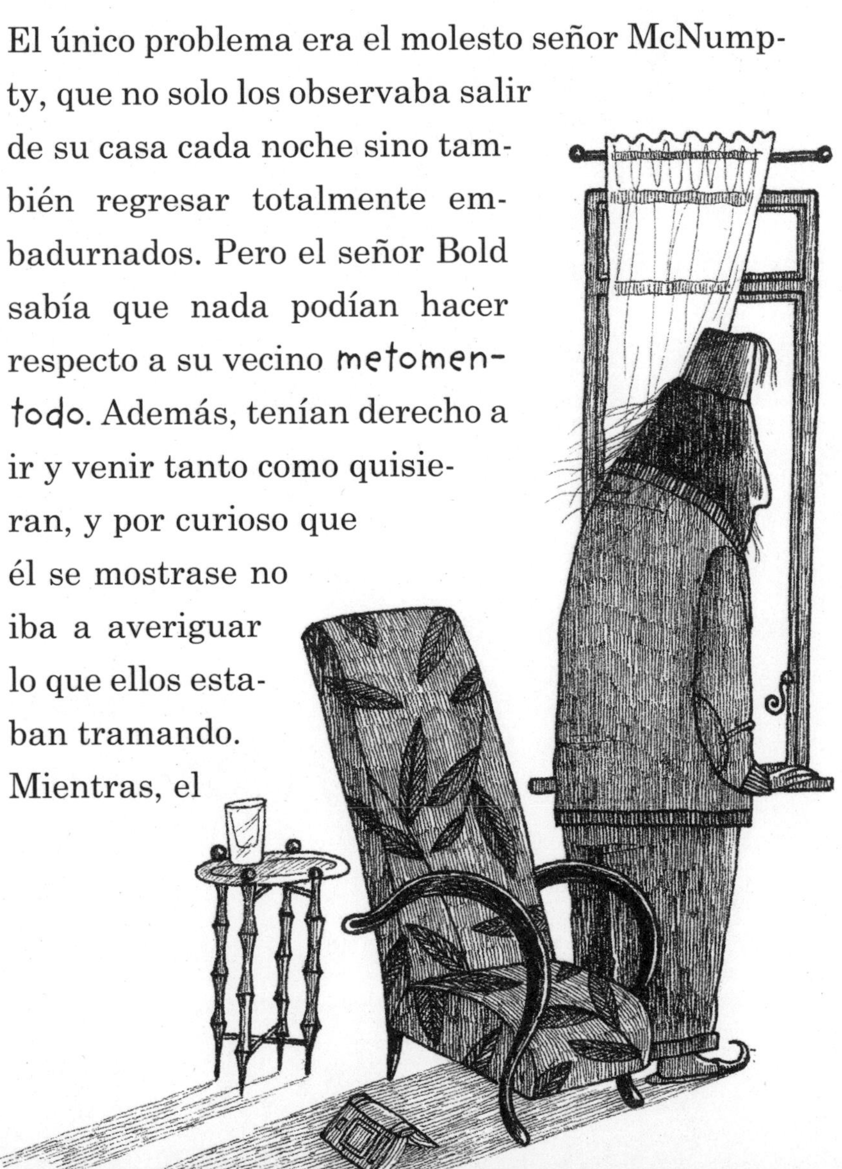

túnel seguía avanzando según el plan de Fred. Se trataba básicamente de un tubo redondo de más o menos un metro y medio de diámetro. En algunos puntos asomaban raíces de árboles, en otros había goteras que formaban charcos, de vez en cuando un topo sacaba la cabeza por una pared a ver qué pasaba… pero el túnel parecía resistente. A fin de cuentas, solo tenía que resistir un par de días, hasta que pudieran transportar a Tony desde el Safari Park hasta la seguridad de la calle Fairfield.

El lunes por la tarde, el señor Bold volvió al Safa-

ri Park, y Boo y Ena (a quienes tuvo que despertar tocando la bocina, porque estaban exhaustos tras su trabajo nocturno) le dijeron que las cosas también iban maravillosamente en su lado. Si todo iba según el plan, los dos túneles se unirían el martes por la noche.

Tony también se acercó a hablar con Fred.

—Gracias —le dijo, con los ojos húmedos

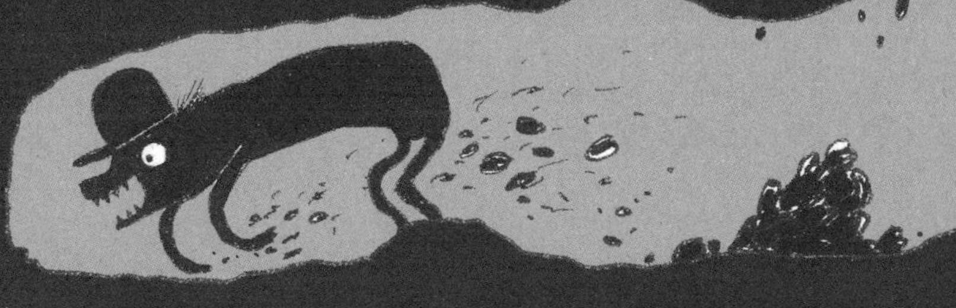

por la emoción—. Os prometo de corazón que no voy a daros problemas ni a ti ni a tu familia. Lo que estáis haciendo por mí no tiene precio... No sé cómo podría devolveros el favor. Pero ¿crees que esto podría salir mal? —Parecía preocupado.

Fred negó con la cabeza, muy seguro.

—No te preocupes por nada, Tony. Está todo controlado, y tenemos muchas ganas de que te vengas a vivir con nosotros. Ya verás qué bien vas a estar. Tenemos preparada la habitación de invitados con una cama cómoda, un orinal, galletas para perros... ¡Serás muy feliz, te lo prometo!

Pronto llegó el martes por la tarde, poco antes de la última noche de excavación, cuando se iban a unir los dos túneles y Tony podría escapar. Para entonces, el señor McNumpty ya estaba convencido de que sus vecinos ocultaban algo de lo más siniestro. ¿Qué explicación podían tener aquellas actividades nocturnas? ¿Serían profanadores de tumbas?, se preguntó con preocupación. Llegó a ir al cementerio local a ver si encontraba algo extraño, pero no. Y el señor Bold tenía razón: no había ninguna ley que prohibiese salir de noche, así que nada podía hacer el señor McNumpty al respecto.

Aquella noche, Minnie llegó arrastrando una gran bolsa negra de basura.

—He cogido todos los huesos grandes que he podido —dijo sin resuello—. Son de la trastienda de la carnicería de mi padre, que es donde cortan toda la carne.

Fred echó un vistazo dentro de la bolsa y se relamió. Estaba llena de grandes y jugosos huesos y costillas, perfectos para engañar a los cuidadores del Safari Park.

—Bien hecho, Minnie —dijo, resistiéndose a pegarles un mordisquito—. Creerán que esto es todo lo que queda del pobre Tony. —Dejó la bolsa con cuidado frente a la puerta—. Me parece que esto merece un par de chistes de carniceros. Escuchad todos. —Se aclaró la garganta y esperó a que todos prestaran atención.

Todos rieron y le pidieron que contara otro.

—Hum, veamos... —dijo Fred—. ¡Ah, sí!

¡Señor carnicero, le he pedido un kilo y me ha puesto 700 gramos!

¡Como hace tiempo que usted no venía, le he echado de menos!

Por la noche, antes de salir hacia la excavación, Fred reunió a toda la familia en la mesa de la cocina y comprobó la hora.

Betty y Bobby soltaron una risita.

—Bueno, ahora en serio —siguió su padre—. Ya casi estamos, chicos. Si todo va bien, dentro de unas pocas horas habremos acabado nuestro trabajo y daremos la bienvenida al nuevo miembro de la familia.

—¡Hurra! —exclamó Bobby.

—Pero antes quiero comentaros algunas cosas.

Primero, el pobre Tony es una hiena como nosotros, pero aún no ha aprendido a disfrazarse. Tendremos que ir con cuidado: nos están observando... y creo que ya sabéis a quién me refiero, ¿verdad?

—¡McNumpty, el cotilla! —dijo Betty sin dudar.

—Sí —asintió el señor Bold. Empezaron a brillarle los ojos, cosa que normalmente significaba que iba a contar otro chiste.

—Por favor, Fred —dijo Amelia con una sonrisa—. ¡Que este es un asunto muy serio!

—Lo siento, no he podido contenerme —replicó Fred—. Ahora en serio: vamos a tener que cerrar las cortinas, y Tony no podrá salir a correr por el jardín a menos que estemos seguros de que no mira nadie, ¿entendido?

—¡A la orden! —contestaron los gemelos al unísono.

—El señor McNumpty sabe que nos traemos algo entre manos, así que tendremos que ir con mucho cuidado.

—Y el pobre Tony va a necesitar un tiempo para adaptarse —añadió Amelia—. Es anciano y seguro que sabio, pero no ha vivido nunca en una casa. Deberemos tener paciencia y ser comprensivos con él. Y tendremos que enseñarle a, ejem, usar el lavabo, entre otras cosas.

El señor Bold asintió y dijo:

«Vengo a comprar zapatos». «¿Qué número?»

«¡Pues dos, claro!»

—¡Ja, ja! —rio Bobby.

—¿Queréis otro más? —preguntó su padre.

—Venga, uno más —respondió la señora Bold—. Pero rápido, y después nos vamos.

—¡Allá voy! —dijo Fred.

«¿Cómo se llama este músculo?»

«Trapecio».
«Sí, yo también te quiero, pero ¿cómo se llama el músculo?»

¡Ja, jaaa!

Un momento después salieron todos, cargando la bolsa de basura llena de huesos y una linterna. McNumpty los observaba desde la ventana de su habitación.

Aquella noche había tormenta, así que se ensuciaron aún más de lo habitual. También les resultaba más difícil cavar, y todos acabaron agotados. Después de dos horas de hacer turnos de diez minutos, se metieron los cuatro dentro del túnel, cubiertos de barro y sudor, con la ropa empapada y pegada a sus cuerpos.

Entonces oyeron un ruido.

—¡Silencio! —dijo de repente el señor Bold—. ¿Qué es eso? —Apuntó con la linterna hacia las paredes del túnel.

Volvieron a oírlo. Era un leve ruido, como de alguien rascando, y venía justo de delante de ellos.

—¡Ya está! ¡Casi lo hemos conseguido! —susurró—. ¡Mirad!

La pared de tierra tembló ligeramente ante sus ojos y el ruido se acrecentó.

—¿Boo? ¿Ena? —llamó el señor Bold—. ¡Soy Fred! El ruido se detuvo y oyeron un «¡Hola!» amortiguado.

—¡Atrás! —dijo Fred, y empezó a rascar frenéticamente la tierra durante unos minutos, hasta que de repente se abrió un agujero, en el que apareció un gran ojo marrón que los observaba—. ¿Quién anda ahí? —preguntó.

—¡Boo!

—¡Ay, qué susto! ¡Un fantasma!—exclamó sobresaltado.

—¡Que no, que soy Boo!

—¿Lo ves? ¡Has dicho *bu*! ¡Eres un fantasma!

Y entonces Fred se partió de risa. Bobby, que había entendido que su padre estaba de broma, también se echó a reír.

—¡Que es Boo, tonto! —dijo Betty.

—¡Pues claro que soy Boo! ¿Quién iba a ser, el presidente? —dijo él, casi sin aliento.

—¡Lo conseguimos! —gritó Bobby.

A la señora Bold casi se le saltaban las lágrimas de la emoción. Al cabo de poco rato, el agujero era lo

bastante grande y fueron pasando Boo, Ena y, por fin (con unos cuantos gruñidos), el pobre Tony. Aunque apenas había espacio, todos se abrazaron y se dieron palmaditas de felicitación.

Aprovechando la confusión también se olieron un poco los traseros, pero es que eran hienas y estaban eufóricas. ¿Quién podía culparlas?

—No hay tiempo que perder —dijo el señor Bold después de los saludos—. Será mejor que Tony se despida ya, suba al coche y nos vayamos todos a la calle Fairfield.

Los Bold esperaron guardando un respetuoso silencio, mientras Boo y Ena daban besos a Tony para despedirse de él.

—Vamos a echarte de menos más de lo que crees —dijo Ena, lamiéndole la cara con ternura.

—Yo también —contestó Tony, conteniendo las lágrimas—. Decidles a los cachorros que los quiero y que voy a venir pronto a visitarlos.

Boo fue el siguiente. Se acariciaron los morros de forma muy masculina.

—Adiós, viejo amigo —le dijo—. Ya nos veremos.

—¡Vamos a cuidarlo bien, no os preocupéis!

Fred le pasó a Boo la bolsa de basura llena de huesos y le dio instrucciones.

—Róelos un poco y déjalos tirados por vuestra zona. Con suerte, los cuidadores creerán que os habéis comido al pobre Tony.

—Pues menuda reputación que nos vamos a ganar —se lamentó Ena, aunque a la vez salivaba ante la idea de hincarles el diente a aquellos deliciosos huesos.

—No se me ocurrió nada mejor —dijo Fred—. ¡Y ahora, rápido, Tony, ven con nosotros! Y vosotros dos, acordaos de tapar el túnel desde vuestro lado en cuanto volváis. —Su plan era guiar a Tony por el túnel hasta la entrada, meterlo en un saco y cargarlo en el coche, por si alguien pasaba y pensaba que una hiena caminando por la calle resultaba sospechosa.

Tony volvió la cabeza para ver por última vez a

Boo y Ena. Justo en ese momento la linterna chisporroteó y se apagó, sumiéndolo todo en la oscuridad.

—Oh, no —refunfuñó Betty—. Ahora apenas vemos nada.

—Que no cunda el pánico —dijo el señor Bold—. Solo podemos ir en una dirección; es imposible que nos perdamos. ¡En marcha!

Los Bold y Tony empezaron a caminar en una dirección, y Boo y Ena siguieron la contraria para volver a la zona de las hienas, cargando con la gran bolsa de basura llena de huesos.

Cuando ya casi alcanzaban la salida, los Bold oyeron un siniestro estruendo por encima de ellos, y trozos de tierra húmeda empezaron a caer sobre sus cabezas. Se quedaron todos inmóviles, preguntándose qué sucedía.

—¿Quién está tirando cosas? —preguntó la señora Bold—. No es momento de juegos.

—Me temo que no es eso —dijo su marido, sin aliento—. ¡Me parece que el túnel se está derrumbando! La lluvia ha empapado la tierra y esta se ha vuelto mucho más pesada. ¡Tenemos que ser rápidos!

Pero entonces un gran trozo del tamaño de un balón de fútbol se desprendió del techo y fue a dar en el hombro del pobre Tony.

—¡Ayyy! —gritó él, y empezó a respirar con dificultad. La mezcla de barro, tierra y agua sucia seguía cayendo a su alrededor.

—Si me pongo de puntillas, puedo tocar el techo —le dijo Betty a su padre—. Bobby, tú también. Podemos sostenerlo mientras vosotros sacáis a Tony. ¡Pero daos prisa!

Bobby probó, y era cierto: con las patas delanteras extendidas pudo sentir el húmedo y viscoso techo del túnel.

—Siento cómo se mueve y se parte —dijo sin aliento—. ¡Corred, rápido!

Las hienas ven mejor en la oscuridad que los humanos, pero ahora el agua embarrada les irritaba los ojos a todos: los chorritos que caían entre las garras de los gemelos se estaban convirtiendo a toda velocidad en un torrente.

—Tengo miedo —susurró Tony, que hacía años que no abandonaba la seguridad de la zona de las hienas, y ahora deseaba regresar.

—Vamos a ayudarte, Tony —dijo la señora Bold—. Fred, tira de él por la parte de delante y yo empujaré por la de detrás.

—¡Por favor, daos prisa! —insistió Bobby.

—Chicos, este túnel está a punto de venirse abajo. —A Betty apenas le salía la voz debido al esfuerzo de sostener el techo de barro. El agua ya les llegaba por la cintura, y les salpicaba con fuerza mientras Fred y Amelia hacían avanzar a Tony tan rápido como podía una hiena artrítica, empapada y asustada.

Tras varios minutos de una gran tensión, y entre tropezones y resbalones en la oscuridad, por fin avistaron la luz de la luna al final del túnel. El señor Bold corrió hacia la salida.

—¡Vamos a conseguirlo! —gritó mirando hacia atrás—. Ya podéis soltar el techo, chicos. ¡Pero después apartaos enseguida! No hay tiempo que perder. Pase lo que pase, no queremos que se os caiga encima.

—Voy a contar hasta tres, entonces lo soltamos a la vez y salimos corriendo —indicó Betty, cubierta de barro.

—Vale —contestó Bobby, que apenas podía hablar de lo mucho que le dolían las patas.

Oyeron un gran estruendo que les llegaba desde arriba.

—¡Uno, dos... tres! —gritó Betty, y los dos hermanos salieron disparados hacia la entrada del túnel, medio corriendo y medio nadando por entre el repugnante y espeso líquido.

—¡Betty, Bobby! —los llamó la señora Bold—. ¡Mis niños!

El techo se hundió detrás de ellos con un gran estrépito de tierra y agua. Consiguieron salir en el último momento, y cuando los gemelos se reunieron, agotados, con sus padres, un último chorro de asqueroso barro gris los bañó a todos. Estaban a salvo, y el túnel había desaparecido para siempre. Por un momento se hizo el silencio. Entonces Bobby y Betty se echaron a reír, aliviados.

—Nos hemos salvado de milagro—exclamó la señora Bold—. ¡Vaya pintas que tenéis! Vais a necesitar un baño con burbujas.

—¿Quién es Burbujas, y por qué va a bañarse con ellos? —dijo Fred, y todos se echaron a reír a carcajadas. Era justo lo que necesitaban después del drama por el que habían pasado. Entonces el señor Bold anunció que tenían que volver a la calle Fairfield antes de que alguien los viese; no faltaba mucho para que saliera el sol.

Fred abrió el saco y llamó a Tony, que lo miró intrigado.

—Métete aquí hasta que estemos a salvo en casa —le dijo. Apenas se veía en la oscuridad, pero por los gruñidos y quejidos de Tony parecía que había entrado.

Entonces la señora Bold y los gemelos limpiaron la entrada del túnel derrumbado para que no que-

dase ni rastro de él. Fred se cargó el pesado saco en los hombros. El embarrado grupo volvió al coche con mucha cautela y emprendió el camino a casa. Cuando el señor Bold llevó el saco que contenía a Tony desde el coche hasta la casa, el señor McNumpty lo miró con cara de horror y los ojos como platos. Pero ¿qué era aquella gente? ¿Ladrones?

Una vez dentro y a salvo, Tony salió del saco y se sentó en el sofá, mirando nervioso a su alrededor.

—¿Quieres un vaso de leche? —le preguntó la señora Bold—. Has pasado por una buena.

—Hum, sí, la probaré —dijo Tony, parpadeando y rascándose el barro de la barriga con una de las patas traseras.

—¿Te traigo un cubo de agua? —añadió Bobby, deseoso de ayudar—. ¿Te limpio un poco?

—Gracias —contestó Tony.

De repente, Betty soltó un agudo chillido.

—¡El saco! ¡Se ha movido solo! —exclamó, y corrió hacia su padre.

—¡Es verdad, se ha movido! —El señor Bold asintió—. Hay algo ahí dentro.

—Es Miranda —dijo Tony—. Debe de estar hambrienta. No tendréis unas uvas a mano, ¿verdad?

—¿Miranda? —preguntó Amelia, sorprendida—. ¿Quién es Miranda?

—Permitidme que os la presente. —Tony metió una pata en el saco y extrajo un pequeño monito gris con orejas de algodón, grandes y brillantes ojos negros y una larga cola de rayas. Saltó de inmediato al hombro de Tony y miró nerviosa a los Bold.

—Familia, esta es Miranda —dijo Tony—. Es una tití. Huérfana.

—Pero ¿qué...? —murmuró Fred.

—Los otros monos la rechazaron, y por alguna razón se pegó a mí. Cuando oyó que me iba a ir del Safari Park (todos los animales lo sabían) lloró y lloró hasta que le dije que podía venir conmigo.

Siento no haberoslo dicho antes; me preocupaba que me dijerais que no. Por favor, dejad que se quede. No os molestará.

—Es encantadora —comentó Betty, mientras acariciaba suavemente a Miranda—. Venga, mamá, déjala quedarse. Porfiiiiii, papá.

—Cuantos más seamos, más reiremos, supongo —murmuró el señor Bold. Su esposa estuvo de acuerdo.

—¡Gracias, gracias! —exclamaron a la vez Tony y Betty.

—La verdad es que sí que es encantadora. Voy a coger unas uvas —dijo Amelia—. ¿Sabe hablar?

—Solo unas pocas palabras; es muy pequeña —explicó Tony—. Pero aprende rápido. No va a tardar nada en acostumbrarse a todos vosotros.

Después de mordisquear las uvas, Miranda soltó unos chillidos de satisfacción y se echó a descansar apoyada en Tony.

—¡Ha sido una gran noche! —dijo el señor Bold—. ¿Queréis que os muestre vuestra habitación, Tony... y Miranda? Creo que ya es hora de que nos demos un buen baño y nos vayamos a dormir.

—Primero cuéntanos un chiste, papá —le pidió Bobby.

El señor Bold rio y contempló a Miranda antes de decir:

Capítulo

Si una hiena se va a vivir con vosotros a vuestras casas de la ciudad, hay dos cosas que debéis enseñarle: a hablar humano y a caminar sobre las patas traseras. Si no, vais a tener muchos problemas con vuestros vecinos.

Al día siguiente, los Bold se pusieron manos a la obra: Tony empezó a recibir clases de caminar por la mañana y de hablar por la tarde.

Pero, aunque las hienas son animales muy listos y Tony le ponía muchas ganas, resultaba muy complicado, sobre todo con su artritis: gruñía y resoplaba, se caía hacia atrás, chocaba con las cosas y hacía un montón de ruido. A pesar de eso, y como eran hienas, la situación les provocaba grandes y sanas risas.

Entonces Bobby tuvo una idea.

—¿Por qué no usas un bastón que te ayude con el equilibrio? —sugirió, mientras se secaba las lágrimas de la risa—. A muchos ancianos les sirve para caminar y mantenerse rectos.

—Buena idea, Bobby —dijo el señor Bold—. En el cobertizo del jardín hay un viejo bastón. Ve a buscarlo, a ver si te ayuda.

No sirvió de mucho. Tony lo probó para caminar por el pasillo, pero seguía sin apenas sostenerse. El problema era que daba unos pocos pasos a dos patas y enseguida tenía que volver a caminar a cuatro. Era imposible que aquello pasara por humano.

—Estas cosas llevan tiempo —dijo la señora Bold, paciente. Pero Tony parecía molesto y ya casi ni se reía.

Lo vistieron con unos pantalones de chándal, una camiseta, unas zapatillas y una vieja gorra de

tela. Quedó como un típico anciano, aunque excepcionalmente peludo. Betty y Bobby **rugieron de la risa** al verlo.

—*Esto me pica y me da calor* —dijo Tony por todo comentario.

Hablar humano le resultaba aún más difícil que caminar sobre dos patas. Las clases de la tarde fueron peores que las de la mañana.

Tony no le encontraba mucho sentido a todo aquello; no veía por qué tenía que hacerlo.

—¿Y si me hago pasar por extranjero y listos? —preguntó con un suspiro.

—Intenta aprender lo más básico —le rogó el señor Bold—. Como «Hola», «Adiós» y «Me llamo Tony». Ah, y también nuestra dirección, por si algún día te pierdes.

—¡Las hienas no se pierden nunca! —Tony soltó una carcajada seca—. Solo tenemos que olfatear para encontrar el camino de vuelta a casa. ¿O es que has olvidado cómo hacerlo? —añadió, sarcástico.

—Y si te resfrías, entonces ¿qué pasará? —preguntó Bobby.

—Si me resfrío, no voy a salir por ahí, ¿no te parece? —replicó Tony.

—No querrás quedarte encerrado en casa para siempre —le dijo la señora Bold—. Fuera hay un montón de cosas que ver, y tarde o temprano querrás investigar. Solo intentamos que puedas hacerlo. Está el Parque Matojo, y la biblioteca, y el supermercado… Quién sabe, igual hasta te da por ir a Londres.

—¿Ir adónde? —preguntó Tony.

—Vale, quizá no. —Amelia suspiró. El anciano negó con la cabeza.

—Reconozcámoslo: nunca voy a poder caminar o hablar como los humanos. No soy más que una hiena vieja. A lo mejor tendríais que haberme dejado morir en el Safari Park. —Y se fue (a cuatro patas) a encerrarse en su habitación.

—Pobre Tony —dijo el señor Bold—. Es tan infeliz… Me pone triste. Ni siquiera lo he oído reír en toda la tarde.

—Paciencia, querido —le pidió su mujer—. Acaba de empezar. No tenemos que esperar que todo se arregle enseguida.

En cambio, Miranda, la mona, se adaptó muy rápido. Su timidez inicial pronto desapareció, y le encantaba trepar por las cortinas, colgarse de las lámparas, saltar y aterrizar en las cabezas de los gemelos cuando menos se lo esperaban, haciéndoles aullar de la risa.

No le costó nada caminar sobre dos patas, y muy pronto habló casi humano con su vocecilla aguda, lo suficiente como para hacerse entender.

Y seguía mejorando cada día.

También era un poco gamberrilla. Una vez se llenó la boca con agua de la taza del baño, abrió la ventana y la escupió sobre el señor McNumpty.

Él supuso que le habían disparado con una pisto-

la de agua, agitó un puño hacia la casa de los Bold y gritó: «¡Animales!».

A Betty y a Minnie les dio por vestir a Miranda con la ropa de sus muñecas y pasearla por el jardín en el cochecito de juguete.

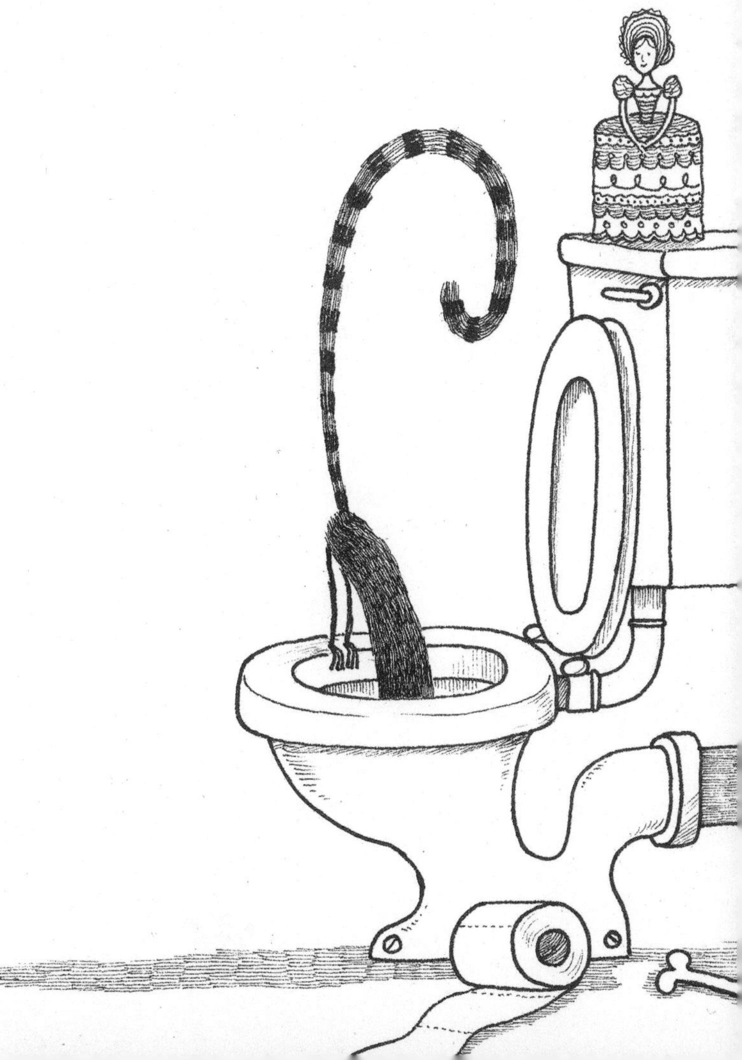

Un día, Bobby las miraba cuando de repente gritó:

—¡Eso es! ¡Ya tengo la solución!

—¿Por qué pegas esos saltos de alegría? —le preguntó Minnie.

—El cochecito. ¿No lo ves? Éntralo en casa y te lo muestro. ¿Dónde está Tony?

El pobre había renunciado a aprender después de que una lección sobre cómo usar el lavabo hubiese acabado con unos resultados desastrosos. Ahora se pasaba casi todo el día durmiendo, acurrucado en el suelo de la cocina, y como se negaba a salir de la casa estaba triste y aburrido. Parecía imposible ayudarlo.

—¿Tony? —le dijo Bobby suavemente, acariciándole la espalda—. Despierta, por favor, Tony. Se me ha ocurrido una idea.

—¿Sí? —preguntó Tony entre bostezos—. Una idea, ¿eh? ¿Devolverme al Safari Park y dejar que acaben conmigo?

—Nunca te haríamos eso —respondió Bobby—. Es para ayudarte a caminar. Ven a probarlo.

Tony se agarró al manillar del cochecito, y se dio cuenta de que al apoyar las patas delanteras podía caminar fácilmente con las traseras.

—¡Increíble! —dijo, triunfante—. ¡Lo he conseguido! ¡Por fin puedo andar como un humano!

—¡Más rápido, más rápido! —gritó Miranda, que seguía dentro del cochecito, vestida con un traje blanco de encaje y un gorrito a juego.

—Me pongo el chándal y salimos al jardín —propuso Tony, emocionado. Pocos minutos después, paseaba como un experto a la pequeña mona en el cochecito, de una punta a la otra.

—Por fin parece contento —dijo la señora Bold, mirándolo—. ¡Bravo, Tony!

Unos días más tarde, el anciano se sintió lo bastante seguro como para llevar a Miranda de paseo por la calle Fairfield. Los gemelos caminaban junto a él, cada uno a un lado, por si a Tony le flaqueaban las patas. Lo asustaron un poco los coches y las bicicletas, por mucho que hubiese visto montones de vehículos en el Safari Park, y le tuvieron que enseñar a cruzar la calle.

—Estas rayas blancas se llaman «paso de cebra» —le explicó Betty.

—¿Cebra? ¿Qué cebra? —preguntó Tony—. No huelo a ninguna cebra. En Teddington no hay, ¿verdad?

—No, hombre, no es una cebra de verdad —contestó Betty—. Así es como llaman a este trozo de calle por donde se puede cruzar.

—Mira a la izquierda, a la derecha y de nuevo a la izquierda —le dijo Bobby—. Y si no viene nadie, cruza rápidamente al otro lado.

—Ah, ya veo —asintió Tony, intentándolo y cruzando sin problema—. Es fácil cuando sabes cómo se hace.

Al día siguiente decidió que quería salir solo con el cochecito.

—¿Seguro que estás preparado, Tony? —le preguntó la señora Bold, preocupada—. ¿Y si alguien te habla?

—Me llevaré a Miranda. Ella contestará por mí.

Así que salieron. Resultaban una extraña pareja: Miranda, bajo una mantita de lana, envuelta en un vestido de tela rosa de cuadros con capucha, y Tony, encorvado sobre el cochecito con todas sus fuerzas, con su ajado chándal verde y su gorra de tela. Pero consiguieron dar un paseo de media hora ellos solos. Después de la experiencia, cada día iban un poquito más lejos. A veces llegaban hasta el parque; Miranda jugaba en los columpios y Tony se compraba un helado comunicándose por señas.

Por fin, la anciana hiena se sentía independiente, capaz de salir de casa a tomar el aire, y empezaba a disfrutar de su nueva vida. La misión de rescate había sido un éxito, y la casa de los Bold volvió a llenarse de risas.

Al señor Bold le gustaba poder hablar con alguien que también había venido de África. A Amelia le encantaba que hubiera alguien en casa que se quedase con los niños y así poder dedicar más tiempo a vender sus sombreros. Y los críos estaban muy contentos de que Tony les contara historias, jugara con ellos y les enseñara el grito de guerra de las hienas.

Capítulo

Mientras sucedía todo esto, ¿qué hacía el señor McNumpty?, os preguntaréis. Bueno, pues a su enfado con los vecinos se estaba sumando una gran confusión. ¿Qué diablos pasaba en aquella casa? Era difícil mantenerse informado.

Después de la extraña semana que habían pasado saliendo cada noche y volviendo cubiertos de barro, las cosas parecían haber vuelto a la normalidad... si es que alguna vez pasaba algo «normal» en la puerta de al lado.

Pero entonces empezaron los ruidos. Era como si alguien o algo grande y pesado hiciera la vertical

apoyando los pies en las paredes. También oyó extraños silbidos y chillidos. ¿Un periquito? ¿Dos periquitos? ¿Dieciséis? El señor McNumpty no sabía la respuesta, y la intriga apenas le permitía dormir.

Y después se produjo el incidente del chorro de agua...

Y en otra ocasión, alguien empezó a tirarle uvas mientras él tendía la ropa...

Sin que los Bold lo supieran, últimamente el señor McNumpty dedicaba casi todo su tiempo a espiarlos. Parecía que ahora había un anciano viviendo con ellos, que vestía como un adolescente, y al que le encantaba ir por ahí paseando un cochecito de juguete. ¿Y qué era esa cosa rara que llevaba dentro del cochecito? ¿Una muñeca que hablaba? ¿Una marioneta? ¡Todo aquello era increíble!

Antes veía mucha televisión, pero ya no: el cule-

brón de la casa de al lado era mucho más interesante.

Se había jurado no volver a dirigirles la palabra. En cierta forma era una lástima; no le permitía ir, llamar a la puerta y pelearse con el señor Bold, cosa con la que antes disfrutaba. Pero seguía intrigado por aquella familia y su extraño comportamiento. ¿Serían *hippies*? ¿Locos? ¿Extraterrestres de otro planeta? ¿O, como siempre había sospechado... animales?

A veces deseaba tener a alguien con quien poder hablar mal de los Bold, alguien que comprendiera lo insoportables que eran. Pero no lo tenía. Nunca había habido una señora McNumpty y nunca la habría. En cuanto a amigos o familiares, simplemente no tenía. El señor McNumpty era un solitario.

Y entonces, un día sucedió algo horrible. Volvía a casa después de hacer la compra semanal en el supermercado (seis manzanas, tres plátanos, un pastel de pollo, dos latas de sardinas, un enorme tarro de miel, pan, chuletas de cordero, un poco de pescado, verduras, un paquete gigante de papel higiénico, una botella de jerez seco y una chocolatina) cuando se produjo el desastre: su resistente bolsa de la compra, que tan bien le había servido durante muchos años (por algo decía en ella que era una «bolsa para toda la vida») de repente se descosió y un gran agujero apareció en el fondo.

La preciada compra del señor McNumpty se cayó al suelo. Las manzanas rodaron y fueron a parar a la alcantarilla, las latas de sardinas acabaron debajo de los coches aparcados, y el pan, las verduras, el chocolate, la carne, todo quedó esparcido por la acera.

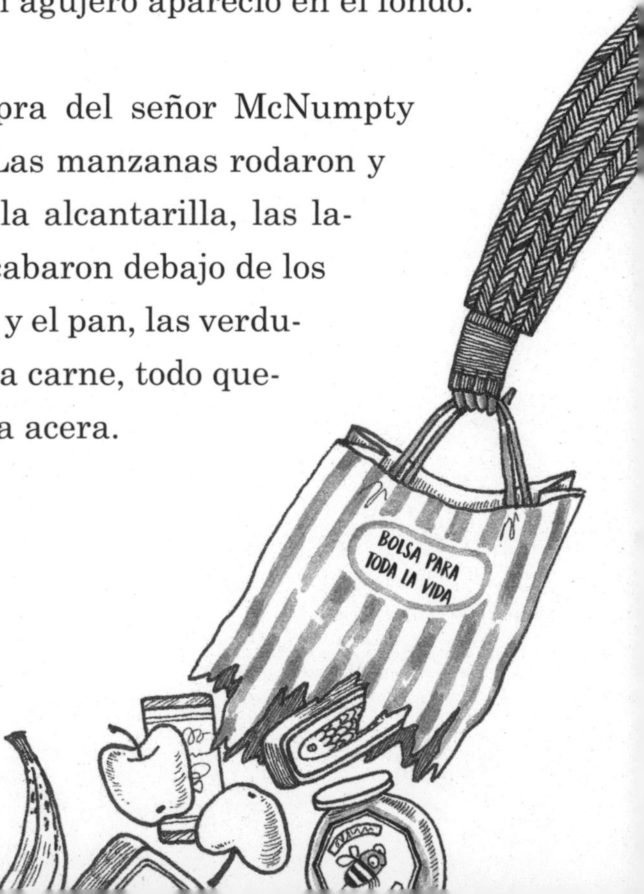

El señor McNumpty se quedó paralizado: no sabía qué rescatar primero.

Un grupo de seis o siete jóvenes con muy mala pinta, expresiones aburridas y el pelo innecesariamente corto, y que estaban fumando apoyados contra una pared, lo vieron. Se rieron de su drama, fueron hacia él y empezaron a patear los alimentos que había comprado y se rieron de forma despiadada, encantados de tener algo con lo que divertirse.

—¡Largaos! —les gritó el señor McNumpty—. Es mi compra. Si os cojo, os vais a enterar.

Pero los Masivos de Teddington, que era como se hacía llamar el grupito, no le hicieron ningún caso y disfrutaron muchísimo aplastando las verduras y el pan del

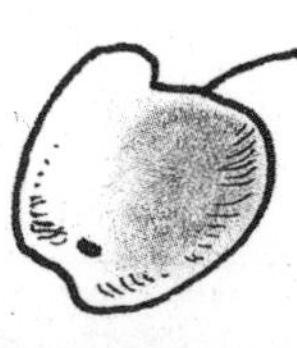

señor McNumpty. Abrieron la botella de jerez y empezaron a beber, pasándosela entre ellos mientras esquivaban al anciano —ahora furioso, con la cara roja, y resoplando ruidosamente—, que corría de uno a otro intentando agarrar a los ágiles adolescentes.

—¡Socorro! ¡Policía! —gritó, sin poder hacer nada, aún agarrado a su bolsa de la compra rota. Por fin, atrapó a uno que se había detenido a beber de la botella de jerez, y le pegó una fuerte patada en una espinilla.

—¡Devuélveme esa botella! —le exigió sin apenas aliento.

—¿O qué? —contestó el granujiento descarado, dando un paso atrás y lanzando la botella, ya medio vacía, a uno de sus amigos.

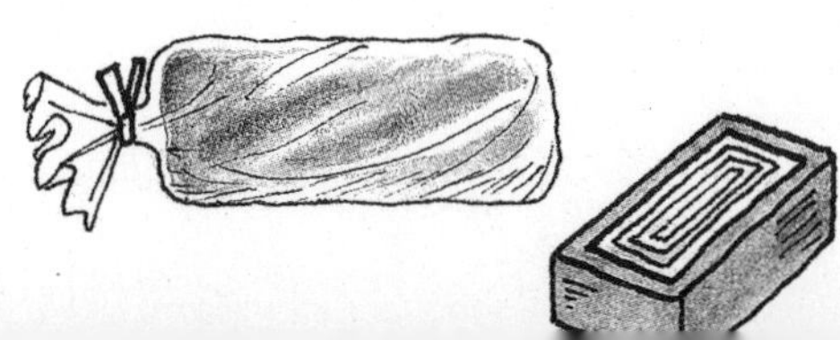

70

Entonces se acercó, empujó al señor McNumpty, y lo tiró al suelo. De repente, todo se volvió mucho más serio y terrible. El joven tenía la cara desencajada por el odio, y el peligro flotaba en el aire.

—¿Y ahora qué, viejo? —le soltó el gamberro.

Casualmente, justo entonces apareció Tony, que llevaba a Miranda en su paseo diario con el cochecito por la calle Fairfield, y se encontró con aquella caótica escena. La compra estaba desparramada por toda la acera, y los matones, muy enfadados, rodeaban al señor McNumpty, que estaba en el suelo, paralizado por el miedo.

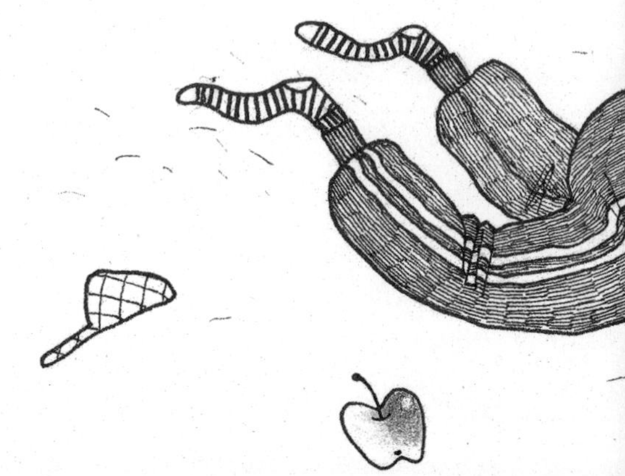

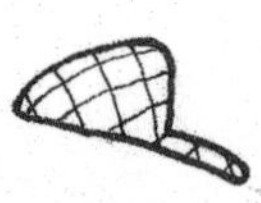

Los animales reaccionan instintivamente al mal y, sin detenerse a pensar en las consecuencias, Tony soltó el cochecito y, con un grito de guerra de hiena que heló los corazones y con una energía que hacía muchos años que no mostraba, corrió a cuatro patas hacia los chicos que amenazaban al señor McNumpty. «¡Salvajes!», rugió (en lengua animal).

El grupo salió corriendo, horrorizado, pero Tony fue mucho más rápido que ellos. Con los ojos brillantes y amenazadores y las babas colgando de sus afiladas mandíbulas, hundió los colmillos en el tembloroso trasero de uno de los chicos.

Se oyó un rasguido de tela tejana barata, el adolescente granujiento aulló de dolor y miedo, y salió corriendo, temiendo por su vida. Entonces Tony dedicó su atención a los demás, que se largaron en todas las direcciones como las chispas de una traca.

Acabada la dramática escena, Tony se sentó unos segundos sobre el asfalto, sin aliento. Vio que el señor McNumpty lo miraba con una mezcla de incredulidad y gratitud, e intentó adoptar una postura más humana. Se aclaró la garganta, se alisó el pelaje con las garras y se dirigió con dificultad hacia el cochecito, en el que se apoyó para volver a levantarse sobre las patas traseras.

Mientras, Miranda había recogido lo que quedaba de la compra del señor McNumpty y lo había metido en el cochecito vacío.

—No preocupe, señor McBambi —dijo con su voz de falsete—. ¡Salvamos compra suya!

El señor McNumpty no dijo nada. Estaba inmóvil: habían pasado tantas cosas en los últimos dos minutos que ya no sabía qué pensar. Volvía tan tranquilo a casa con la compra, de repente se había desatado el caos, y ahora aquellas personas a las que creía que odiaba se habían convertido en sus héroes.

Pero ¿qué o quién era aquel anciano? ¿Podía tratarse de…? Para su sorpresa, los ojos del señor McNumpty se llenaron de lágrimas y empezó a sollozar.

—Yo..., yo... —intentó hablar.

—Chicos malos —lo interrumpió Miranda tras subir de nuevo al cochecito y trepar sobre las compras—. Ahora llevamos a casa. Taza buena té.

Capítulo

Betty y Bobby no pudieron creer lo que veían sus ojos cuando miraron por la ventana delantera y vieron a Miranda y a Tony. Estaban ayudando a caminar a un agitado señor McNumpty hasta su puerta, y entraron con él. Los gemelos se miraron el uno al otro, incrédulos.

—¿Has visto lo mismo que yo? —preguntó Betty. Bobby asintió.

—Eso creo. ¿Qué hacemos?

—No lo sé. Mamá está en el jardín. ¿La llamo?

—Sí, dile que venga y alucinará. —Y los dos rodaron por el sofá, riendo.

En la casa de al lado, el señor McNumpty no estaba como para quedarse solo. Se hundió en una silla mientras Tony ponía la tetera al fuego y Miranda saltaba del cochecito a la encimera, llevando en cada viaje lo que había quedado de la compra.

—Gracias —murmuró el anciano cuando Tony le ofreció una taza de té. Él le dio una suave palmadita en el hombro.

—Él no habla idioma —explicó Miranda—. Aprende lento. Entiende pero no habla aún. Yo hablo por él.

—Ah —dijo el señor McNumpty débilmente, y tomó un sorbo de té caliente—. ¿De qué país es?

—Hum… —contestó Miranda—. De lejos, muy lejos.

—Me ha salvado la vida... He sido todo un miserable... ¿Cómo puedo agradecérselo?

—¡No necesario! —exclamó Miranda—. Chicos malos, Tony buen mordisco pega. —Y soltó una risa aguda, que a su vez hizo reír a Tony.

El señor McNumpty abrió los ojos como platos. Eran risas contagiosas y, sin darse cuenta, él también soltó una carcajada. Hacía años que no reía, y la sensación lo alegró de inmediato.

—De ahora en adelante, esos chicos van a pensárselo dos veces antes de robarle la compra a nadie. Y al grandote le va a quedar una buena marca de dientes en el trasero. ¡Va a tener serios problemas para sentarse!

Ahora reían a mandíbula batiente, y a Tony se le veía toda la dentadura.

—Caramba, vaya colmillos, Tony —dijo el señor

McNumpty, admirado—. Desgraciadamente, a mí me salen por la noche.

Cuando acabaron las risas y el té, Miranda y Tony creyeron que era el momento de irse, pero el señor McNumpty no parecía tener ninguna prisa por quedarse solo, así que la mona se metió en el cochecito a echar una siesta.

Los otros dos se sentaron a la mesa en silencio. Para su sorpresa, el señor McNumpty disfrutaba de la compañía de alguien de su edad. Nunca le había gustado mucho conversar, así que el hecho de que Tony no hablara no le molestaba en absoluto.

—¿Te apetece una partida de dominó? —le preguntó. Tony se encogió de hombros.

—¿Dno? —intentó decir.

—Do-mi-nó —pronunció lentamente el señor Mc-Numpty—. Aunque supongo que no sabrás lo que es. —Tony negó con la cabeza—. Bueno, pues déjame enseñarte. He de tener las fichas por aquí…

Una hora más tarde, cuando Miranda se despertó de su siesta, los dos nuevos amigos estaban encorvados sobre la mesa, totalmente concentrados en su partida.

—¿Uvas, por favor, señor McDumbo? —preguntó con un bostezo.

—Me temo que no tengo uvas. ¿Y una manzana? —le propuso el señor McNumpty. Cogió de la encimera una de las rescatadas de la compra y se la ofreció a Miranda, que empezó a darle mordisquitos—. Y, por favor —se puso un poco colorado—, llamadme Nigel. —Volvió a prestar atención a Tony y al dominó—. ¿Me toca a mí?

La hiena asintió.

Un rato más tarde, acabaron la partida y él y Miranda se prepararon para salir.

—¿Jugamos otra partida mañana? —le preguntó el señor McNumpty.

Tony asintió, entusiasmado.

Al abrir la puerta se encontraron con la señora Bold, que esperaba nerviosa. Bobby y Betty asomaban por detrás de su falda. Había corrido hasta allí desde el jardín cuando la llamaron los gemelos, y le costó un buen rato decidir si ir a casa de su vecino o no. Al final le había podido la curiosidad.

—¿Va todo bien? —preguntó, pero de repente no pudo evitar soltar una carcajada al ver como el señor McNumpty tocaba con afecto el hombro de Tony.

—Todo bien. Perfecto. Miranda y Tony han sido muy amables, y hemos jugado una estupenda partida de dominó. ¿Mañana a la misma hora, Tony?

Este asintió. Betty y Bobby no pudieron evitarlo y soltaron el grito de hiena más largo y más alto de todos los tiempos. ¿Jugar al dominó con el señor McNumpty? ¿Qué sería lo próximo?

Y así fue como Tony y el señor McNumpty (o Nigel; ya podemos llamarlo así) se convirtieron en grandes e inesperados amigos.

Lo de jugar una partida de dominó después del paseo de la tarde se convirtió en una tradición diaria. Incluso llegaron a quedar para tomar helados juntos.

A Tony le fue maravillosamente bien el tener un amigo. Se lo veía mucho más feliz y contento. Cada día, con paciencia, el señor McNumpty intentaba enseñarle unas pocas palabras nuevas. Tony juntaba los labios y hacía lo posible por hablar, pero siempre acababa haciéndose un lío con la lengua.

—No te preocupes. Al menos lo intentas —lo tranquilizaba el señor McNumpty—. Ya lo conseguirás algún día.

El odio de Nigel por sus vecinos se transformó en sonrisas, y cada vez que se encontraba con la señora Bold le dedicaba una media reverencia y un alegre «¡Hola!».

A principios de diciembre hasta metió una tarjeta de Navidad en el buzón de la familia. Decía:

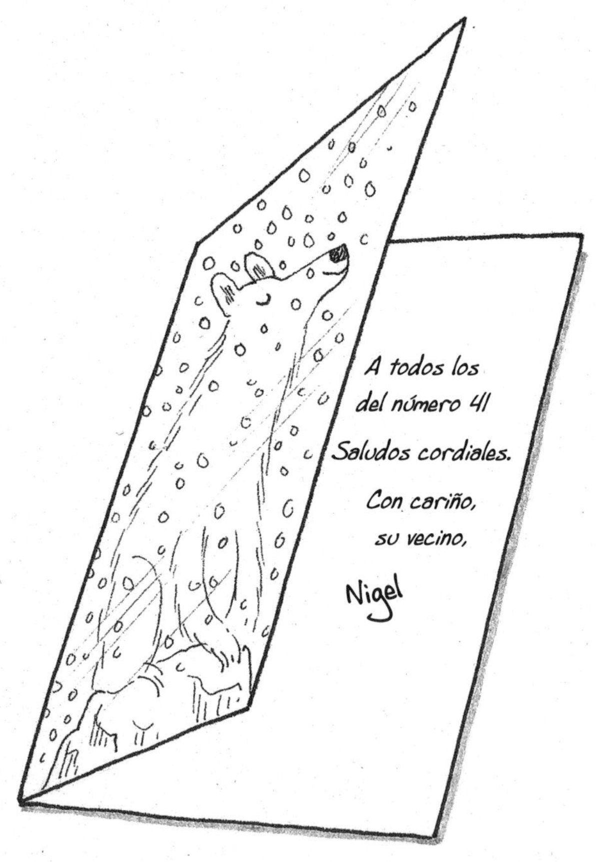

—¡Vaya cambio! —se maravilló el señor Bold, y dejó la tarjeta sobre una mesita, bien a la vista.

—Siempre ha llevado dentro un hombre amable que intentaba salir —dijo la señora Bold—. Y Tony lo ayudó a hacerlo.

—¿Os parece que lo invitemos a la cena de Navidad? —propuso Fred—. Sería una lástima que se quedara solo en la casa de al lado mientras nosotros disfrutamos de nuestro pavo.

—Sí —contestó Amelia—. También va a venir Minnie: sus padres van a pasar el día preparando sopa para la gente sin techo.

—Eso es muy amable por su parte —apreció el señor Bold.

—Aunque, claro, eso significa que este año no vamos a poder comernos el pavo crudo —señaló su esposa—. Cocinado no creo que esté tan bueno ni tan jugoso.

—Estará bien para variar un poco.

—Y, después de cenar, los dos vejetes podrán echar una partida de dominó.

—¡Perfecto! —La señora Bold suspiró, contenta.

Habían pasado meses desde el rescate de Tony. Él y Miranda ya formaban parte de la familia Bold. Al igual que los gemelos, un día Miranda se iría a buscar su lugar en el mundo. Pero, por el momento, todos eran más felices que nunca.

En Nochebuena cayó una fuerte nevada y, al despertar, los Bold se encontraron un paisaje de postal.

Papá Noel no les había dejado los regalos envueltos bajo el árbol, como era habitual, sino que los había enterrado en el jardín. Antes de desayunar, los Bold salieron en pijama a excavar.

Nigel McNumpty lo vio todo desde su ventana, claro, pero ya no le importaba lo que hicieran. De hecho, a él también le entraron ganas de excavar. Tras una búsqueda frenética, aparecieron todos los regalos: unos cálidos guantes para Tony, una comba para Miranda, unos patines para los gemelos y un libro de lujo para el señor y la señora Bold, lleno de fotos de lugares y animales que les encantaban.

Las Navidades eran los días del año que más le gustaban al señor Bold. En el árbol brillaban las lucecitas, la casa estaba decorada con guirnaldas, acebo y adornos, y la mesa lucía muy elegante, con servilletas de tela, velitas y, claro, bolsas sorpresa. Para Fred, lo mejor de las fiestas es que podía pasarse el día contando chistes sobre el tema.

¿Qué le da a
Papá Noel si pierde
un reno?
¡Insuficiencia
renal!
¿De qué marca
es el trineo de
Papá Noel?
¡Renol!

Más tarde llegaron Minnie y Nigel McNumpty. Todos se sentaron a la mesa y se pusieron manos a la obra.

—¡Está buenísimo! —dijo Nigel, dándose una palmadita en la barriga—. ¡Hacía años que no comía tan bien!

—Una vez mamá te hizo un bizcocho, pero le cerraste la puerta en las narices —le recordó Bobby.

—Bah, pelillos a la mar —dijo la señora Bold.

—No. Sé que fue muy maleducado por mi parte. Me disculpo.

—Disculpa aceptada —contestó el señor Bold, pasándole la caja de bombones a su invitado—. ¿Quieres otro? —Nigel se metió en la boca uno relleno de crema—. Además, yo pensaba que ibas a darme un puñetazo por el incidente del cubo.

—¿Cuándo fue eso? —preguntó Betty. Sin pensar, Minnie contestó:

—El señor McNumpty estaba subido a una escalera y se le cayó el cubo. Fue el día en que te vi la cola y supe que sois todos hienas. —Entonces se dio cuenta de lo que acababa de decir, se calló y se tapó la boca con la mano. Pero ya era demasiado tarde.

Se produjo un silencio muy incómodo. Minnie le susurró a Betty: «Lo siento». Nadie sabía qué de-

cir y, por una vez, ni una sola hiena sintió ganas de reír. Todos miraron a Nigel, que por fin habló.

—Lo sabía —dijo simplemente—. En el fondo siempre lo he sabido. Sois hienas.

La señora Bold se quedó con la boca abierta. Todos pusieron cara de sorpresa.

—Pero... tú... ¿cómo...? —Fred fue incapaz de formar una frase completa.

—Conocí a los Fred y Amelia de verdad antes de que se fueran de luna de miel —explicó Nigel—. No es que hablara con ellos; por aquel entonces, no hablaba con nadie. Pero cuando volvieron, o, más bien, cuando volvisteis vosotros, noté que había algo raro. Tardé un tiempo en averiguar la verdad. Así que hienas, ¿eh? —Los miró a todos—. Aparte de ti, Minnie, y de Miranda.

—¡Mona, mona! —dijo esta última.

—Sí... también me lo imaginaba.

—¿Y por qué no nos delataste? —preguntó Bobby.

—No vas a hacerlo, ¿verdad? —añadió Betty, asustada. Nigel negó con la cabeza y la miró, amable.

—No. No voy a contárselo a nadie.

—No lo entiendo —murmuró la señora Bold—. Sé que ahora te caemos bien, desde que Tony te salvó de aquellos gamberros y os hicisteis amigos. —Miró con cariño a la vieja hiena, que seguía la conversación muy atentamente—. Pero ¿y antes? ¿Por qué no se lo dijiste a nadie?

—¡Antes nos odiabas! —añadió Bobby.

Nigel sonrió.

—Ya sé, ya sé. Pero, la verdad, todos tenemos nuestros secretos, y me daba mucho miedo que vosotros descubrierais el mío. Por eso me comportaba de forma tan desagradable: quería asegurarme de que no os acercarais demasiado.

—Caramba —dijo el señor Bold—. Todo esto es un poco demasiado. ¿Y si os cuento otro chiste?

—Ahora no, querido —le contestó su esposa.

—Dinos, ¿cuál es tu secreto? —preguntó Bobby.

—Bueno... nunca se lo he contado a nadie —dijo Nigel, limpiándose la frente con su gran mano.

—Tú sabes el nuestro —le dijo Bobby para animarlo—: somos hienas.

—Sí, lo sois. Unas hienas muy amables, por cierto. Y lo más importante, confío en vosotros. En todos vosotros. —Respiró hondo—. En realidad no soy Nigel McNumpty, ese hombre viejo, solitario y triste de la casa de al lado. En realidad no soy un hombre de ninguna clase. Soy... —Hizo una pausa, como si fuera incapaz de pronunciar las palabras.

—¿Y bien? —preguntó Bobby.

—Yo también soy un animal. Un oso pardo.

Todos se quedaron alucinados.

—¿¡Un oso pardo!? —exclamó el señor Bold, impresionado—. ¡Esto sí que no me lo esperaba!

(Para ser sincero, yo tampoco. Ni vosotros, seguro. ¡A que ni los más listos lo habíais adivinado! ¡Esta historia es cada vez mejor!).

—¡Cómo mola! —dijo Betty, mirando de reojo las uñas sorprendentemente largas del señor McNumpty.

¿Por qué los osos blancos no comen helados de chocolate?

—Ahora no —le dijo la señora Bold.

¡Prefieren los polos!

—¿Y cómo es eso? —preguntó Minnie, ignorando el chiste—. ¿De dónde eres?

—Nací en Alaska hace muchos muchos años. Soy viejo, ¡eso sí que es cierto! De pequeño viví libre en la naturaleza, pero, cuando era un cachorro, unos cazadores mataron a mi madre para hacerse con su piel, y a mí me capturaron.

—¡Oh, no! —exclamó Betty, llevándose una garra a la boca. Miranda, asustada, corrió al regazo de Tony.

—¡Chissst! —les pidió la señora Bold—. Continúa, Nigel.

El «señor» McNumpty sonrió con tristeza y siguió contando su historia.

—Me enjaularon y me vendieron y compraron varias veces, hasta que por fin tuve suerte: acabé siendo la mascota más querida de un príncipe árabe rico y bastante excéntrico. Más que una mascota, fui su compañero constante, su mejor amigo. Aprendí a hablar en varios idiomas y a moverme en los mejores círculos sociales. Cenaba con jefes de Estado, jugaba al póker, salía con algunas de las mujeres más guapas del mundo. Una vez Sharon Stone y yo pasamos un fin de semana juntos en un balneario de lujo. ¡Eran los buenos tiempos!

Y soltó un silbido, pensando en aquel recuerdo.

—Cuando no viajaba por todo el mundo en primera clase, vivía a todo lujo en el palacio del príncipe. Llevaba un collar de oro con diamantes incrustados y dormía en una jaula con suelo de mármol, (yo, no él, claro). Tenía mis propios sirvientes y una cama con dosel y edredón de Harrods.

—¡Caramba! ¡Qué pasada! —dijo Betty.

—El príncipe y yo éramos inseparables. Volábamos por todo el mundo. En verano a Saint-Tropez, a esquiar a Aspen… las fiestas de Hollywood, las carreras de caballos de Ascot, los Óscar…

—¡La alfombra roja! —gritó Minnie, y el señor McNumpty asintió.

—Vale, vale, ya nos hacemos a la idea —lo interrumpió el señor Bold.

¿Por qué los osos llevan abrigos de piel?

¡Porque en anorak quedamos fatal!

—Papá, déjate de chistes por un minuto —le pidió Bobby—. Quiero saber qué pasó después.

—**Ay, perdonad** —dijo el señor Bold intentando poner cara seria, cosa que le resultaba **imposible**.

—Sí, yo también quiero saberlo —dijo Betty—. ¿Cómo es que acabaste en una casa adosada en Teddington?

Nigel puso cara triste.

—Un día, el príncipe se cansó de mí. Consiguió una nueva mascota, una morena de piernas muy largas... creo que era un avestruz. Un poco tontita, ¡pero qué ojos! El caso es que desde entonces él me dejó de lado.

—¿Y por qué no te mandó de vuelta a Alaska y ya está? —preguntó Minnie, muy razonable.

—Yo sabía demasiado —contestó Nigel, bajando la voz—. Todos sus secretos. Y respecto a cómo acabé aquí, la verdad es que no sé la respuesta. Estaba comiendo salmón ahumado al lado de la piscina del Hôtel de Paris de Montecarlo, y de repente me desperté aquí, muy mareado. Y solo. Ya me había parecido que el salmón tenía un gusto un poco raro... Creo que me drogaron.

»Encontré un armario lleno de ropa barata de mi talla y los detalles de una cuenta de banco a

mi nombre... El príncipe me envía una cantidad cada mes. Es un hombre generoso. Y así fue como empecé esta vida. Desde entonces he intentado no relacionarme con nadie. Es una cuestión de supervivencia.

—Buf —dijo la señora Bold tras unos segundos de silencio respetuoso—. Vaya historia. ¡No me extraña que fueras tan huraño!

—Espero, ruego, que podamos olvidar todo lo sucedido hasta hoy —siguió Nigel—. El pasado, pasado está. Cómo llegamos todos aquí da igual; lo importante es que ahora vivimos felizmente como vecinos.

—Eso es cierto —asintió la señora Bold mientras cogía la tabla de quesos.

—¿Ya puedo? —preguntó el señor Bold, que había estado inquieto durante toda la historia de McNumpty—. ¡A fin de cuentas, es Navidad!

—Vale, querido, ahora puedes contarnos un chiste a todos —le dijo Amelia.

¿Por qué los osos son grandes, marrones y peludos?

—Porque —contestó el señor McNumpty con un suspiro...

¡De ser pequeños, blancos y lisos seríamos huevos!

—Parece que ya has oído antes *todos* los chistes de osos —dijo el señor Bold, un poco chafado.

—Eso me temo. Muchas veces —le confirmó el señor McNumpty—. Cuando estaba con el príncipe.

Justo entonces se oyó un fuerte *¡crac!* Todos miraron a Tony, que tenía cara de sobresalto: no conocía las bolsas sorpresa que estallan como un petardo al abrirlas, y ahora tenía una mitad en cada mano.

—No te preocupes, Tony —le dijo Betty, que estaba sentada a su lado—. Es normal que hagan ese ruido. ¡Eso es lo divertido! —Y le rascó cariñosamente detrás de las orejas.

El señor Bold cogió el pequeño papel doblado que había caído sobre el plato de Tony. Este olfateó un momento uno de los trozos que le había quedado en las manos y se lo tragó de un bocado. Fred abrió el papel y leyó el chiste que había dentro:

Todos pensaron un momento.

Contestó Tony, al que aún le caían trocitos de papel dorado de la boca.

—¡Tony habla! —chilló Miranda, emocionada. Estaba sentada en el marco de la ventana, comiendo nueces.

—¡Y aún mejor: ha contado un chiste! —replicó el señor Bold.

¡Hurra! ¡Felices fiestas a las hienas de todo el mundo!

Todos aplaudieron y rieron casi hasta reventar. A Tony, orgulloso, se le pusieron rojas las peludas mejillas.

—¡Feliz Navidad! —exclamó—. ¡Muy buenas fiestas a todos!

Y aquí los dejaremos, abriendo bolsas sorpresa, contando chistes y riendo.

Ya os dije al principio que iba a ser una historia divertida y extraña, ¿verdad? En fin, espero que os haya gustado. Y recordad que todas las cosas que os he contado son verdad, que cada palabra ha sido cierta.

Porque yo NUNCA miento.

Cuando Julian Clary no está divirtiéndose a base de disfrazarse y contar chistes sobre un escenario, le encanta quedarse en casa con sus mascotas. Tiene muchas: perros, gatos, patos y gallinas. Su amor de toda la vida por los animales lo inspiró a contar la historia de qué pasaría si se hiciesen pasar por nosotros.

A David Roberts siempre le ha encantado dibujar y pintar. Su talento le llevó hasta Hong Kong, donde se dedicó a fabricar bellos sombreros. Regresó a Inglaterra para ser ilustrador. Le gusta dibujar animales y ropa y sombreros, así que ¿qué mejor que un libro sobre animales que llevan ropa y sombreros?

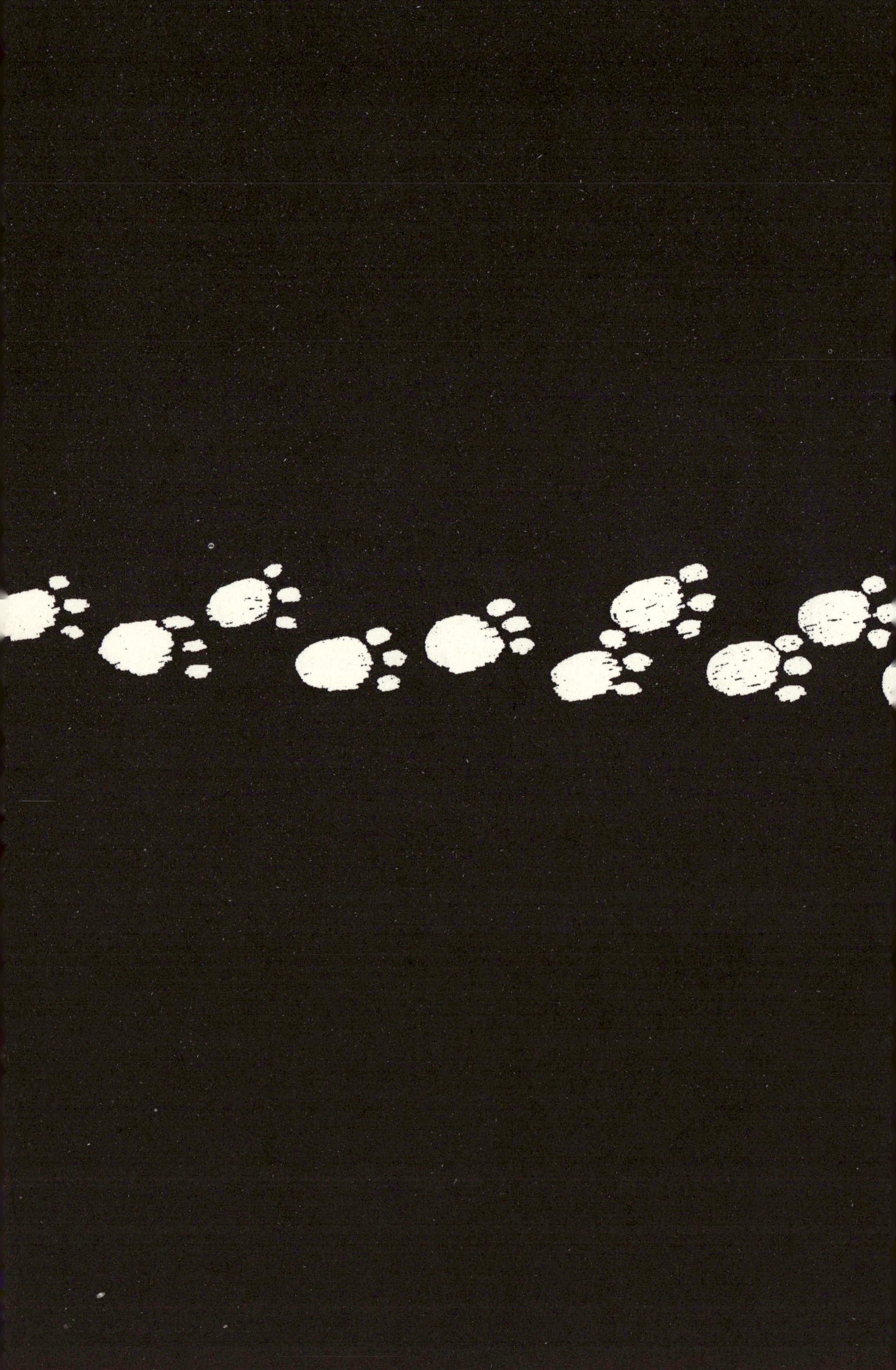

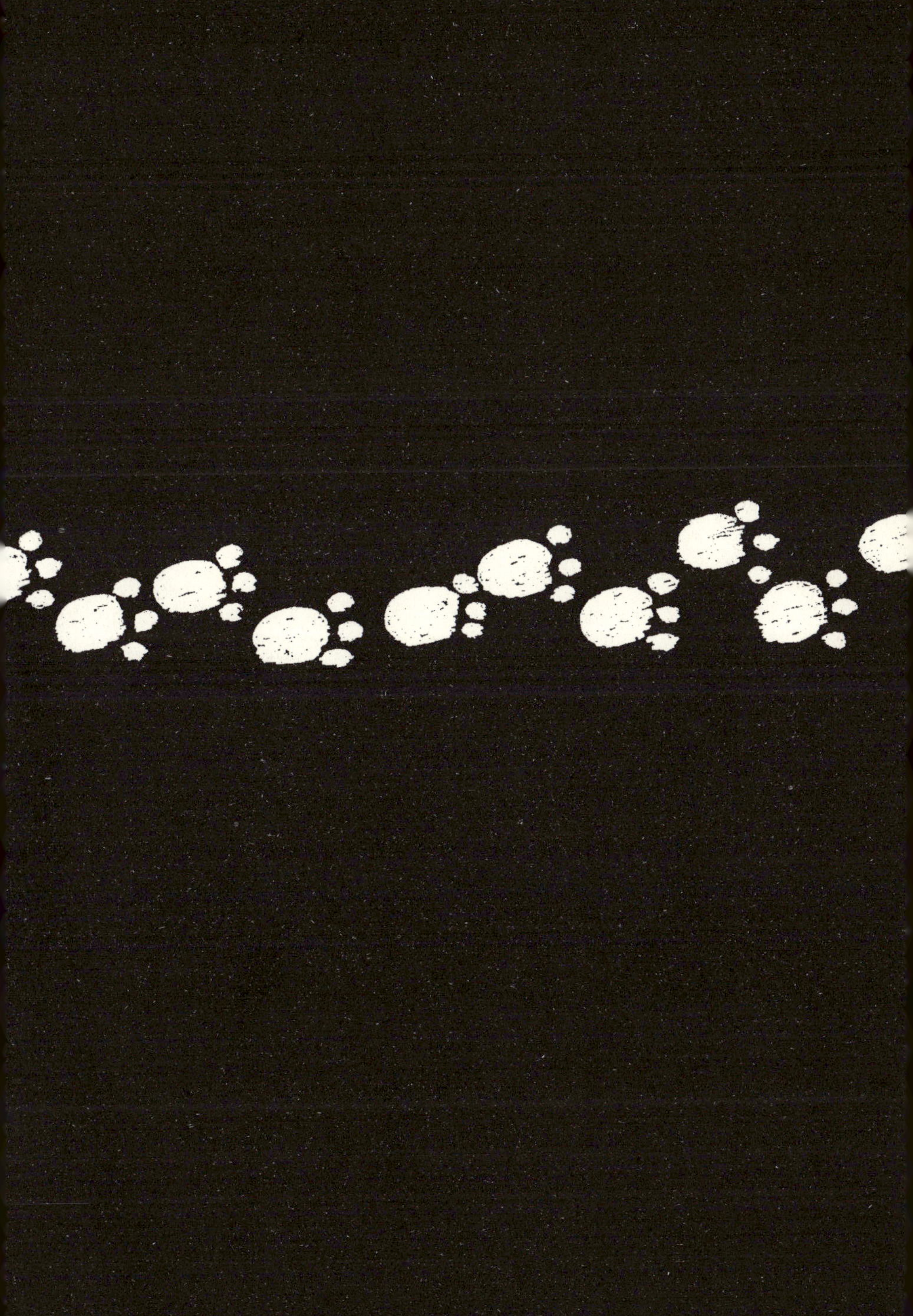